被你遺忘在夏天裡

The Forgotten Summer

從今天開始，我會努力笑著說再見，
努力在想起你的時候，不哭泣。

A.Z. 著

第一章　等浪

我現在的心空蕩蕩的，就像只空無一物的鐵盒，把一顆彈珠丟進鐵盒裡，就會發出匡啷匡啷的刺耳聲響。

我有時都懷疑，我不僅被偷走了五年的時光，或許連整顆心都一併被偷了。

對於這種一覺醒來，發現自己已經年滿三十的情況，我本來以爲是場惡作劇。

但不是，完全不是。

我只記得自己爲了完成經理的交代在外奔走，途中下起雨，沒帶雨具的我停在路邊等雨停，他們卻說，我就是在那天發生了車禍，整整在病床上昏迷了五年。

我的人生有五年的空白，什麼都沒做，就只是躺在床上讓歲月爬上我的眼角，留下細細的痕跡。

我沒能趁著那黃金五年拚事業，也沒能談場像樣的戀愛——雖然五年前的我，並不把戀愛當成必須的事，但仍難免爲這段虛度的光陰感到遺憾。

在醫院剛醒來那陣子，我沒辦法說太多話，連集中力都很差，總是恍恍惚惚地發呆，時常一天就這樣過去了。出院之後，每次何安來家裡看我，表情都很不自然，也不怎麼跟我提起過去那五年，她應該是怕說多了那些我沒參與到的事，我會難過。

她想多了。現在的我，像是一具披著人皮的空殼，什麼都感受不到，好像躺了五年，連我的情緒也跟著沉睡了，而我還在努力喚醒它們。

晚上我會去何安經營的酒吧打工，幫忙端端盤子、點點菜——何安說以我目前的狀態，還不適合去找一份正職。

今天酒吧裡的客人不多，才凌晨兩點，就只剩角落一桌客人。我坐在吧檯前，宛如一個想跟大人要糖吃卻不敢開口的小孩一樣，一直悶不吭聲盯著何安看。

何安用她那雙細長的眼睛瞥了我一眼，她短髮用髮蠟抓得很帥氣，五官透出一股孤傲，難怪吸引不少異性戀女孩為她瘋狂，不惜與男友分手，想要和她在一起。

她嘆了口氣，俐落地為我調了一杯馬丁尼，「喏，少喝點。」

「謝啦，比起領薪水，下班後好好喝幾杯還比較實在。」人生變得太空洞，我漸漸喜歡上喝酒，微醺之後能忘記很多事。「小安……我今天有在看海灘的工作。」

何安彷彿聽見了什麼曠世奇論，「海灘？妳？妳不是最討厭陽光沙灘海？」

「我是很討厭，不過可能是夏天到了，我忽然很想去有海的地方。」總覺得最近耳邊經常出現浪潮聲，我莫名渴望能親耳傾聽這個聲音。

「那妳有看到合適的嗎？」何安把擦乾的杯子歸位，心中似乎已在為我籌畫。

她一直以來都是這樣，習慣為我打點好一切，儼然像是我的經紀人。我住院這五年是這樣，我爸走不出我媽過世的悲傷，扔下我獨自前往山中隱居的那幾年也是這樣，何安始終陪在我身邊，無微不至地照顧我。

儘管沒有血緣關係，但她是我的家人，唯一的家人。

「當然沒有，開出的職缺不是救生員就是清潔員，想找間餐廳讓我去端盤子都難。」

何安把手機拿出來滑了一會兒，「那就後天吧。」

「嗯？什麼後天？」

她將手機推到我面前，螢幕上是她和朋友的對話頁面，「後天我們就去蘭嶼，我有個朋友在那裡兼營民宿和餐廳，地點就在海灘附近，保證妳聽海浪聲聽到膩。」

我不可置信地拿起手機看了又看，再看向何安依舊淡定的臉。

「小安……妳太帥了！」

「謝謝，我常聽人這麼說。」

「也很欠打。」我不由得失笑，她也跟著笑了。「不過妳也要一起去？那酒吧怎麼辦？」

「休息啊，我會發公告說老闆暫時外出取材，休息一、兩個月。」

時值炎熱的七月，如果是以前的我，肯定不願在這種時節舟車勞頓遠行；如今我卻很渴望能前往異地，或許那能讓我宛若一灘死水的內心，激起一點點漣漪。

我趴在桌上，感覺有些疲累，「小安，妳跟著我去了蘭嶼，妳女朋友怎麼辦？她會很寂寞吧。」

何安也學我趴在桌上，笑容帶了點邪氣，「我倒是很期待，不曉得蘭嶼的女孩可不可愛。」

「哇……沒想到我昏迷了五年，妳還是一樣渣耶！」

何安沒爲自己辯解，只撥了撥頭髮，淡淡說道：「妳也知道，絕大多數的異性戀女孩和我交往，多半只是圖一時新鮮，沒人會認眞，我如果認眞了，那才可笑呢。」

我頓時語塞。

我和何安從國中就認識了，我很清楚身爲同性戀的她，這些年來所經歷的無奈與痛苦——不，她所經歷的那些，我肯定無法完全體會，我能做的不過是陪在她身邊罷了。

「一定會有那麼一個人，她愛的是妳的靈魂。」我由衷道。

何安不屑地撇撇嘴，「江雲絮，我還輪不到妳來安慰，妳這個萬年單身狗。」

「我哪有萬年單身啊，當初我不是和公司前輩短暫交往過嗎？」

「妳說的是那個上過一次床後，要私下見他一面還得等上十天半個月的混帳？」

「算了，我不想聽，我只想記住我喜歡過他的回憶就好。」

何安冷冷看過來，「妳是眞的喜歡他嗎？」

「我……」

「不好意思，這邊要再點單。」

最後一桌客人揚聲呼喚，我得以藉此迴避這個難以回答的問題。

何安太了解我了，她知道我的全部，包括那些我自己都不想承認的事。

確實，我對那個前輩就只是略有好感而已，可能因爲他長得順眼，也可能是他對我稍微特別了一點，爲了體驗什麼是戀愛，我很快答應與他交往，然後又很快察覺他不是我想要的那個人，於是果斷提出分手，搞得我成了同事茶餘飯後的八卦話題，在他們口中，我就是個玩弄感情的婊子。

原來戀愛不過就是在一起又分開，就像何安和她身邊的那些女孩一樣。

「明天我們去採買去蘭嶼所需的用品吧，最好買到像準備要逃難一樣，才有逃離的感覺。」我提議。

「我才不想把自己搞得像是災難片的主角，妳趕快下班回去整理行李吧。要是妳一覺醒來不想去了，那我們就不去。」

我抬眼看向何安，覺得她最後這句話說得有點奇怪，連語氣都略有不同。

「妳也知道的，我打定主意要做什麼，就一定會貫徹到底。」

「嗯，妳一向如此。」何安露出淺笑，我也跟著笑了。

其實人生空白了五年也沒什麼，至少在我從昏迷中醒來以後，何安還在我身邊，還是我的家人。

只要從台東搭二十五分鐘的飛機，就能抵達蘭嶼，這是我第一次造訪這座陌生的離島。飛機即將降落前，我透過機艙窗戶往下看，海域清澈得宛若經過電影特效處理，看上去極不眞實。

出了機場，海風帶著鹹味吹來，皮膚也感受到一股燥熱的黏膩感，頭頂的藍天沒有一絲雲朵的蹤跡，這個地方充滿了夏天的氣味。

「小安！這裡、這裡！好久不見！」一名皮膚黝黑，咧嘴笑出一排白牙的長髮男人笑著大喊。

「莫哥！好久不見！」何安上前給了他一個擁抱，兩人熟稔的程度不像是泛泛之交。

我不知道何安是何時與這人交上朋友，或許是在我昏迷的那幾年間吧。

莫哥上下打量過何安，讚道：「小傢伙，愈來愈帥啊！」

「哪有，我沒怎麼變。丹姊呢？」

「她在顧店，今年沒什麼人來打工換宿，妳們過來眞是幫了大忙。」

「這是我朋友，江雲絮，叫她小絮就可以了。小絮，這位是莫哥。」何安把我拉到莫哥面前。

「莫哥你好，我雖然笨拙，但很願意學習，希望我能幫得上忙。」我連忙向莫哥打招呼。

莫哥看了看我，又看了看何安，兩人竟同時爆笑出聲。

「眞的像妳說的，是個認眞的孩子啊！」

「莫哥你就體諒一下，她這個人沒什麼幽默感。」何安一本正經地揶揄我。

我看著他們一搭一唱，雖然有點想揍何安，又覺得這樣的氣氛很好，至少一下子化解了我初來乍到的緊張與尷尬。

莫哥爲我們各準備了一台摩托車，他自己則騎著另一台，沿路熱情地爲我們介紹蘭嶼，並說了些島上的禁忌。我很想好好欣賞四周的景致，無奈莫哥和何安騎車的速度實在太快，我只能專心跟上。

莫哥帶我們來到位於紅頭部落的民宿，一走進與餐廳相連的寬敞客廳，我就知道自己應該可以在這裡待上好一陣子，不用怕無聊。客廳放著兩張看上去很舒適的長沙發，其中一張沙發緊鄰著一座半身高的書櫃，餐桌旁邊也有兩座書櫃，書櫃裡擺滿了書，據說那些書都是民宿的客人留下來的。

「妳們的房間在三樓，來吧。」莫哥領著我們走上樓梯。

一推開房門，映入眼簾的是兩張單人床各據一角，床邊有一面窗戶，窗外就是藍天碧海。

我迸出驚呼：「我願意一輩子都待在這裡！」

「等妳愈曬愈黑，就會想回家了。」何安毫不留情地吐槽。

「把行李放好，我們趕快去餐廳吧，我怕木南瓜會忙不過來。」莫哥催促道。

過來之前我做過一點功課，達悟族夫妻之間，丈夫稱太太叫「木南瓜」，太太則稱丈夫爲「夏蔓瓜」。

「莫哥還是一樣疼老婆。」何安笑嘻嘻說。

「哎唷，哪有啦。」莫哥害羞地搔搔頭，「餐廳就在附近，走幾分鐘就到了。」

「莫哥害羞了，還轉移話題！」

落在後頭的我，忍不住問何安：「妳和莫哥是什麼時候認識的啊？」

「嗯？就……幾年前，在台北認識的。」

「台北？妳這幾年還去了台北？怎麼沒聽妳提過？」

「對啊，這說來話長，改天再跟妳說。」何安回答得很敷衍，一副不想多聊的樣子。

每次向何安問起，我昏迷的那五年間發生了哪些事，她總是不願細說，像是嫌麻煩，懶得跟我多說，我爲此有些受傷。

低落的情緒沒有持續太久，我一走近蘭嶼的傳統住屋，便爲眼前所見嘖嘖稱奇，獨特的半地下屋建築，與另一側新建的民房產生新與舊的強烈對比。

沿著坡道一直往下走到接近沙灘處，便能看見用石頭堆疊建造而成的露天餐廳，店裡雖然沒有冷氣，幸好還有從海上吹拂過來的海風，還算是舒適。

餐廳門口掛著一塊木招牌，寫著「忘了熱」。

「好有趣的店名。」我笑道。

莫哥回頭一笑，「對吧！因爲蘭嶼的夏天太熱了！」

「每次客人看到店名都會笑，我都不知道該說取得好還是不好了……嗨！妳就是小絮吧？」丹姊穿著圍裙從吧檯裡走出來，她雖然也曬得黝黑，但五官深邃，鼻子高挺，眼睛大而圓亮，即使已年近五十，容貌依然稱得上豔麗。

莫哥立刻過去摟著她的腰，「沒累著吧？剛剛忙不忙？」

「還好，京美有幫忙我一下，只是現在人又不知道跑哪兒去了。」

莫哥解釋：「京美早妳們幾天住進來，她是單純的住客，晚上遇到再介紹妳們認識。」

「小絮……嗯？妳動作也太快了！」丹姊驚呼。

趁他們閒聊時，我逕自走到吧檯的洗碗槽前，抓起菜瓜布便開始清洗髒碗盤。要做就努力做到最好，這是我一直以來的習慣，即使我想做的事其實屈指可數。

汗水不斷從額上滴落，我以前很討厭流汗，但隨著投入在工作之中，我卻覺得很充實，感覺自己正在努力地生活著。

餐廳生意很好，這裡剛好靠近潛水區，很多浮潛完的遊客都會過來休息，喝上一杯冰涼的飲料，或坐在椅子上閉上眼睛，靜靜享受下午的海風。

我很意外，造訪餐廳的外國遊客竟然比例這麼高，莫哥和丹姊的英文相當流利，有時候我還以爲自己置身在國外。

下午四點多，忙碌的尖峰時段過去，丹姊說：「妳們可以下班去走走了。」

「咦？可以嗎？」何安很詫異，「不是很快又要到晚餐時間了？」

「妳沒看到牌子上寫著營業時間只到五點？下班啦。」莫哥拍拍她的肩，還拿出兩張標滿觀光景點的地圖遞給我們。

「謝謝，你們人也太好了。」我吶吶地說。

明明才第一天認識，莫哥和丹姊對待我的態度卻很熱情溫暖。

「小安，我想自己一個人去逛逛。」我不想過於依賴何安。

「行啊，晚餐見。」何安伸了個懶腰，「我去看看這裡有什麼喝酒的地方。」

「妳還眞的是到哪裡都要先去酒吧報到耶。」

「有酒的地方，一定就有妹。」何安眨眨眼，我給了她一枚白眼，她不以爲忤，笑嘻嘻地提醒我，「小絜，這裡手機訊號不好，別迷路了。」

丹姊笑著插話：「沒事，只要問路人『忘了熱』怎麼走，一定找得回來。」

「沒問題！」我一口答應。

我騎著摩托車沿著海岸線移動，已近五點的陽光沒有中午那麼毒辣，遠方的天空也一點一點醞釀著屬於傍晚的色彩。

沙灘上遊玩的人只剩下三三兩兩，其他遊客大概是玩累了，都回去吃飯了。

遠遠就看見一個男人站在沙灘上，雙手叉腰，眼望大海，動也不動，男人旁邊立著一塊插在沙裡的衝浪板。不知道爲什麼，我覺得這幕景象看上去頗爲滑稽。

把車停好，脫下鞋子踩在還有點微熱的沙灘上，一步步走近那個男人，我沒有想要和他搭話，就只是好奇他是用什麼表情站在這裡。

「啊啊，果然傍晚很難起浪。」

「對啊，浪變好小，我們回去吧。」

旁邊經過的衝浪客抱怨，這個時間的海潮似乎已經無法滿足衝浪的條件，但那個男人依舊站在原地，像是在堅持等待著什麼。

我刻意走到他前面幾步，裝作不經意地回過頭，只是當我看清男人臉上那認眞的神情，便完全沒了嘲笑他的心思。

他專注地盯著海浪，連眼睛都不眨一下，像是在屛息等待一場革命發動。

以衝浪者來說，他的膚色不算黑，接近小麥色，一雙眼睛彷彿充盈著水氣，透著一點點波光。

「你在等浪嗎?」我脫口而出,問完馬上就後悔了。

男人把目光轉到我身上,搖了搖頭,「不,我還沒學會衝浪。」

「啊?」

他輕輕一笑,那雙眼睛微微一彎。

「我在等自己做好心理準備,可以跟這片大海打一架的準備。」

這個人到底在說什麼啊?真是個怪胎,可惜了他笑起來那麼好看。

「那妳呢?妳在等什麼?」

「我什麼也沒等,只是過來走一走。」我不耐煩地回答,不想再和他有牽扯。

「不,妳也在等。妳在等自己做好準備,和狗屎般的人生好好地一刀兩斷。」

「我看起來像是要自殺嗎?」就算再怎麼厭世,我還是很尊重生命的。

他搔搔頭,「我不是那個意思,我是說……妳在等自己願意往前邁步,而不是逗留在原地。」

我聽得微微一怔,「那你打算等到什麼時候?」

「等到我站累了,就坐下來休息一會兒,然後再站起來繼續等。」他說著便盤腿坐下。

我搖了搖頭,「你還眞是個怪人。」

「妳好,我叫孫夕晨。」

「我叫江雲絮。」

「哇……妳的名字和我不相上下呢！」

「怎麼說？」

「言情得不相上下，我每次都被笑名字像言情小說的男主角。」

我噗哧笑出聲，忽然覺得跟眼前這個人很有共鳴，「我也是耶！超煩！」

我在他旁邊約莫一公尺遠處坐下，天空已慢慢出現紅霞，海面倒映著霞光，隨著海浪的波動，折射出奇異瑰麗的光芒，宛若匠人鬼斧神工的玻璃製品。

「人如風後入江雲，情似雨餘黏地絮。這兩句周邦彥的詩，是我名字的出處。」

「好深奧啊，我完全沒聽過這首詩，不過妳的名字比我的好多了，至少還有個文藝的出處。我媽說她從前一天傍晚陣痛至隔日清晨才生下我，爲了紀念我這孩子有多折磨她，所以將我取名爲『夕晨』。」

「哈哈哈，眞的假的？」

「眞的！每年只要過生日，我還得買禮物送她，讓她老人家別再記我的仇了。」

「江——雲——絮——」

聽到有人叫我，我扭頭望去，只見何安站在堤防邊大喊，並揮手要我過去。

「我得走了，改天見。」我對孫夕晨說。

「嗯，好……再見。」他看起來似乎有點聊得意猶未盡。

其實我也是。

可能是因爲要遇到一個名字像言情小說裡的男主角，且理由有趣的人，這樣的機會並不多。

背對著晚霞走向堤防，走到一半，我停步轉頭，發現孫夕晨又站起來看向大海了，我忍不住微微一笑。

希望明天還能遇到他。

嘩啦——嘩啦——

躺在床上睜開眼睛，不知爲何，聽著窗外的海浪聲，我心中竟覺隱隱作痛。

天色已經亮了，但此刻才清晨五點半，離鬧鐘響的時間還很久。何安還在睡，房間裡瀰漫著淡淡的酒氣，昨晚她一定和莫哥喝酒喝到很晚。

這個鬧鐘是我特地從家裡帶過來的，何安還笑我帶鬧鐘過來做什麼，我也說不出確切的原因，打包行李的時候就順手帶上它了。

輕推開房門，整間屋子靜得像是只有我一個人獨自存在於這個世界。

來到屋外，蘭嶼夏天的早晨並沒有涼快多少，自太陽浮出海平面之後，蒸騰的熱氣源源不絕撲面而來，我走沒幾步路，額頭便已微微冒汗。

當地人大都起得很早，羊群也零星地漫步在一邊的草皮上。

我再次走過傳統住屋聚落，由於房子有一半建於地下，那些呈大片板狀的黑色屋頂顯得特別矮，伸手就可以觸摸得到。我注意到每一戶主屋的前方地上，均豎立著兩到四塊不等的大石頭。

一名拄著拐杖的老奶奶走到我旁邊，冷不防冒出一句，「這是靠背石。」

「靠背石？是平常可以靠坐在這欣賞風景的意思嗎？」

「呵呵，也可以這麼說。我們達悟族會用這些石頭代表家裡的人，最大最高的那塊就是一家之主。」

「原來是這樣啊。」我恍然大悟。

「當家裡有人過世，就會把代表他的石頭橫倒一個月，看著橫倒的石頭，心裡會很難受啊。」老奶奶自顧自地說完就走了，也許她的本意並非爲我解答，只是想找個人述說她心中的悲傷。

「老奶奶，妳頭上的圖騰頭巾很好看！」我出聲喊住她。

老奶奶轉頭，摸摸頭巾，笑了，「這是夏蔓瓜最喜歡的圖案。」

我忍不住想，或許橫倒的靠背石還有另一層含意，即使死去的親人肉體消失了，靈魂也永遠同在。

遠遠望去，海面上已有不少人乘浪而行，清晨應該是一整天最合適衝浪的時機，不會太熱，浪況也很好。

我循著陣陣飄來的咖啡香前進，最後停在一家衝浪店前面，店裡一半經營出租浪板，另一頭則有座小吧檯，一名中年男人正站在吧檯後方煮咖啡。

「歡迎光臨。」男人有著濃厚的日本口音。

這家店也設想得太周到了，衝完浪、歸還租用的器材之後，能有個地方坐著喝杯咖啡休息一下，確實挺不錯的。

「我想要一杯冰美式。」

「好，請稍等喔。」男人個頭不高，身材卻很精實，臉上留著一圈鬍子，不說話的時候看起來有點凶。

「請問這間店是你開的嗎？你中文說得好好。」我小心翼翼與他攀談。

「是啊，哈哈，我來台灣好多年了，還不算說得好啦。」他話鋒一轉，「妳是來打工換宿的吧？在莫哥的店。」

「對。」

「如果想租借浪板，可以給妳打三折，只要是從莫哥那來的，都有這個優惠。」

「哇……你們一定很要好。」

「一點都不要好！他老是喜歡把我灌醉，我給這個折扣，也是爲了讓他看在這一點上少灌我一些酒。」他眨眨眼，半開玩笑地說。

「Kenji桑，我要一杯冰拿鐵，多冰！」一名剛衝浪回來的客人熟絡地點餐。

「好！」

蘭嶼還眞是個奇特的地方，儘管只是萍水相逢，人與人之間的互動卻很容易變得像是認識了很久的朋友。

喝完咖啡要離開前，老闆對我說：「就算不想學衝浪，也可以常來這喝咖啡，半價。」

「一定。」我笑著答應。

我忍不住又走到海堤邊，想看看孫夕晨會不會出現。我不否認，自己很想再遇見他，大概是他那雙眼睛太好看了，像海一樣。

民宿會在九點供應早餐，這個時間對於宿醉的人來說太早了，何安勉強起床下樓，但她臉色蒼白，眉頭微蹙，看上去像是很不舒服。她的酒量向來很不錯，大概是昨晚混喝了好幾種酒才會這樣。

何安半托著下巴坐在餐桌前，迷濛的眼神反倒讓她有種危險的性感。

我嘖嘖兩聲：「現在要是有妹子看到妳，一定又要淪陷了。」

「反正怎樣都不會是妳淪陷，對吧？」她挑眉。

「我看妳是酒還沒醒。」我戳了她的額頭一下。

一名女孩從樓上走下來，她應該就是住在二樓的李京美了，昨天吃晚餐的時候沒看到她。

她頭髮染成淺棕色，微彎的波浪卷搭配空氣瀏海，嘴唇微翹，外型相當可愛。

「嗨！我是李京美，住在二樓，妳們咧？」她率先打招呼，坐到我旁邊一起等早餐上桌。

「我叫江雲絮，她叫何安。」

何安瞥了她一眼，「嗨。」

要是換做平常的何安，必定會很熱情，畢竟李京美的長相是她的菜，此刻她卻一反常態，冷淡得很。

「我們昨天見過，妳忘了？」李京美委屈地說。

「忘了。」

「可是我記得。」

「那不重要。小絮，我再去睡一下，早餐就不吃了。」何安說完起身上樓。

「抱歉，她平常不會這麼失禮。」我代何安向李京美賠罪。

李京美眨眨眼，完全看不出心情有受到任何影響，「沒事，我知道她會這樣。」

「什麼意思？」

她露出甜美的笑容，「祕、密。」

我還眞不信李京美不是何安的菜，何安每任女朋友幾乎都是這種甜美可愛型。難道她不喜歡太主動的？嘖嘖，這就是選擇太多的人才會有的奢侈！

中午我們又陷入無止盡的炎熱地獄，端著餐盤穿梭在高朋滿座的客人之間，李京美也跳下來幫忙，她動作俐落，一點也不生疏。

直至下午兩點多，總算能抽出空檔吃飯，何安爲了躲避李京美，居然帶著三明治騎摩托車去附近的涼台吃。

「也不帶上我，這傢伙眞沒良心。」我嘟囔道。我還沒去過涼台呢！

蘭嶼的傳統住屋一般由主屋、工作房和涼台組成，涼台是搭建在主屋前的簡單涼亭，地板高出地面約兩公尺，供夏天乘涼休息用。

李京美碰了一鼻子灰，本來以爲她會藉機向我打聽何安的事，沒想到她很有骨氣，騎著車往反方向走了。

丹姊旁觀這兩個人的互動，笑了笑。

「丹姊，妳笑什麼？」我好奇地問。

「夏天果然很棒，適合談熱辣辣的戀愛。夏蔓瓜，晚上去夜潛吧？」丹姊沒有回答我，笑盈盈地扭頭向莫哥說。

我不能理解何安今日的反常，不過我在她的人生裡缺席了五年，她當然會有很多我不知道的轉變。

即便心裡明白，難免還是有些失落，感覺好朋友似乎與自己漸行漸遠。

吃完遲來的午餐，休息一陣，我也跨上摩托車，再次來到昨日那片海灘。

相比早晨的海，我更喜歡黃昏的海，或許是因爲我有股直覺，那個人會出現在黃昏的海灘上。

果不其然，那抹直挺挺的背影，像座雕像般佇立在那兒。

「孫夕晨！」我能聽出自己的聲音裡帶著難以掩藏的欣喜。

他轉過頭，咧嘴一笑：「嗨！」

「你今天也還在等？你到底在等什麼啊？你等多久了？」

「嗯……好幾天了，我從月初就在這了。」孫夕晨沒有回答我的第二個問題。

「你每天都站在這裡呆呆望著大海？都沒有人覺得你很奇怪、向你攀談嗎？」

「沒有，妳是第一個。」

我一時不知道該如何接話。

呃，難道是過來問他是不是在等浪的我很奇怪？他該不會認爲我是找藉口跟他搭訕吧？

「哈哈哈，妳的表情像是樂透沒中一樣。」孫夕晨又笑了。

「我才不買那種沒有依據的東西。」我白了他一眼，略微尷尬的氣氛頓時緩和下來。

他像是站累了，不講究地隨地而坐，我也跟著在他旁邊坐下。

「你上次說你還沒學會衝浪，身邊又帶著浪板，所以你應該是想學衝浪的吧？能問你爲什麼想學衝浪嗎？」

他不假思索便答：「因爲我女朋友想看。」

「咦？」原來孫夕晨有女朋友啊……不過這有什麼好奇怪的，他長得好看，談吐幽默有趣，這樣的男生到哪裡都很受女生歡迎。

「她說，一次也好，她想看看我在海上遨遊的樣子。」

「所以你就偷偷跑來這裡練？」

「妳怎麼知道我是偷練？」

「這種事一定要製造驚喜才浪漫啊。」

「都被妳猜到了，我眞的很想要給她一個驚喜，她經歷過太多悲傷，我恨不得把所有的快樂都送到她面前……抱歉，聊別的吧。」

「不……我想聽聽你們的故事。」我想知道是什麼樣的女孩，可以讓孫夕晨爲了她特地來到蘭嶼練習衝浪。

海浪一陣陣地拍打岸邊，孫夕晨已經不在乎浪況了，一說起女友，他就像打開話匣子般說個不停。

他說，他們的初次相遇並不怎麼愉快，但他愛上了她氣惱的表情，也愛上了她嘴角緊緊抿著的倔強。他每天挖空心思傳訊息逗她開心，女孩看似嚴肅，但其實笑點很低，很容易被逗笑，只是過去從來沒人想試著讓她笑。

「這樣也很好，就只有我一個人知道，她開懷大笑的時候，全世界都會因她的笑而黯淡失色。」

「我昨天就覺得，你講話眞的很浮誇！抱歉打斷你，請繼續。」我忍不住插嘴。

「有一天，我跟她說，我換了工作，改行去炒股，我想要有更有多自由的時間去找她。」

「難怪你都黃昏才出現，原來你白天忙著炒股啊。」

「對啊，妳怎麼一臉不敢置信？」

「畢竟你看起來呆呆的，感覺不怎麼聰明嘛。」

孫夕晨也不生氣，繼續往下說。

女孩從那天開始，突然不明就裡地刻意疏遠孫夕晨。

他百思不得其解，約了好幾次，終於把女孩約出來講清楚。

「妳最近爲什麼一直躲我？」

「沒有，我只是很忙。」

「我改行去炒股妳不喜歡？那可以，我再回去我爸的公司上班。」

「不要喜歡我，我們是不同世界的人，你在的世界離我太遙遠。」

「我喜歡妳！很喜歡妳！」

他喊得很大聲，整間咖啡廳的人都聽見了，女孩趕緊起身捂住他的嘴。

他抓住她的手，抬眼認眞地說：「不管我在哪個世界，我喜歡妳，這件事永遠都不會變。」

女孩重新坐回位子上，「世上沒有所謂的永遠，別幼稚了。」

他只問：「那妳呢？妳喜歡我嗎？我只想知道這個。」

女孩不敢看他，僵持了幾秒忽然跑進廁所。在她逃離座位的那一瞬，他已經做好心理準備，也許女孩再也不會理他了。但他不後悔，即使明天死了也不會後悔，光是能認識她，他就覺得自己這一生很幸運了。

過了幾分鐘，女孩從廁所出來，她帶著一股像是要掀翻桌子的氣勢，直直地往他走過來。

他還以爲自己要被女孩揍了，雖然他不知道爲何自己只是告白就要挨揍，但因爲要揍他的是她，所以他不閃也不躲，直到她愈走愈近、愈走愈近……下一秒她伸手按住他的後腦勺，俯身給了他深深一吻。

「那我就和你一起幼稚。」女孩說。

「我永遠也忘不了這句話，永遠、永遠。」

天色已經黑了，我看不太清楚孫夕晨的表情，我想應該是洋溢著幸福吧，他和女友的回憶，像一場美好的電影，讓我羨慕……還有點忌妒。

「妳會浮潛嗎？」孫夕晨冷不防問。

「不會。」

「我教妳，不過……得等明天妳帶兩副裝備過來。」

「爲什麼？」

「妳有看過老師不收學費的嗎？妳租裝備就是繳學費啊。」

孫夕晨講得太理所當然，我差點都要認同了，他的說法聽上去冠冕堂皇，其實根本就是小氣嘛。

「妳看過這裡的星星嗎？」他又問。

住在都市太久，眞的不會想到要仰頭看向夜空，況且昨天我在天黑前就回民宿了，經他這麼一說，我才仰頭看向夜空，並瞬間爲之屛息。

深藍的夜空綴滿了整片的星星，彷彿我一抬手就能摘下其中一顆。

我往後躺在沙灘上，久久無法言語。

等我回過神來，突然意識到怎麼孫夕晨也變得那麼安靜，側頭望去，發現他早就不見了，只在旁邊的沙灘上留下三個字：明天見。

「眞是個怪人。」我喃喃道。本來想再躺回沙灘上欣賞星空，但肚子咕嚕咕嚕的抗議聲響，催促著我離開。

我帶著一身沙回到民宿，何安和李京美早就坐在餐廳等開飯了。

「妳好慢，就等妳一個了。」何安翻了個白眼，她態度總算正常多了。

「別聽她瞎說，還差一道菜呢。」丹姊從廚房出來，正好端著最後一道菜上桌。

我很少遇過民宿主人和房客一起用餐，也因爲如此，用餐氣氛既熱鬧又溫馨，我很喜歡這種氣氛，這是我小時候很難體會到的。

李京美的大眼睛轉呀轉，用力向何安使了個眼色。怎麼才半天時間，她倆之間的關係就儼然好轉不少？我果然很不了解愛情。

「咳，莫哥、丹姊，京美想問能不能在餐廳放一個小郵箱？請外地來的客人留下姓名住址，她會寄明信片給他們。」

何安代爲拋出提議後，李京美馬上自己接續下去，「我之前去綠島玩，就碰上有民宿主人這麼做，我也想試試，不然我每天都好無聊喔。」

「妳這孩子，這有什麼好不好意思自己說的，還要小安幫妳開口。當然可以，聽起來很有趣呢。」丹姊笑了笑。

京美一聽臉上簡直樂開了花，何安看著她的表情也很溫柔——孫夕晨看著他的女孩時，是不是也是這種表情？

想到孫夕晨，我忍不住說：「我認識了一個朋友，明天要去浮潛。」

「朋友？誰啊？」何安皺了皺眉，「明天也帶我去見見。」

「不要，妳不要來打擾我們。」我立刻拒絕。

莫哥爽朗地大笑：「年輕人就是年輕人，才兩天大家都各自有伴了！」

「當然啊，因爲是夏天嘛。」李京美甜甜地說。

我完全不能理解，夏天這種讓人爆汗的季節，到底跟談戀愛有什麼關係？天氣這麼熱，兩個人摟在一起不就更熱了？

用過晚餐，我只想盡快回到房間，舒舒服服躺在床上吹冷氣。

這晚，我看著窗外的海，耳畔揮之不去的，是孫夕晨說起女友時的溫柔語調。

隔天下班後，我在Kenji桑的店裡租了兩套浮潛用的裝備帶過去。

今天孫夕晨沒有帶衝浪板，他閉著眼睛懶洋洋地躺在沙灘上耍廢。

我低頭看他，有種想偷吐口水在他臉上的衝動。

「來了？」他忽然睜開眼。

「趁天黑前趕快下水吧，我不想在黑漆漆的大海裡浮潛。」

「可是妳租的裝備裡連手電筒都有耶。」孫夕晨起身檢查裝備，「租裝備給妳的老闆很細心，東西一應俱全。」

「眞的？那晚點得好好謝謝他。」我訕訕地說：「我會游泳，但沒在海裡游過。」

因爲我太討厭陽光沙灘海了。

「沒事，跟著我就好。」他幫我戴好面鏡，仔細說明如何換氣呼吸，而兩個綁在一起的泳圈，是我們的連結，好讓我不會飄離他太遠。

已經站在淺灘處練習了十分鐘，我還是很緊張，這是我第一次把臉埋入海面，幸好冰涼的海水和海面下緩緩漂動的海草，漸漸讓我安下心來。

「如何？」

「好奇怪，一點都不可怕。」

「來吧！跟著我慢慢游，累了就拍拍我的手。」

孫夕晨領著我遠離淺灘，海底下的生物變多了，搖曳的珊瑚和色彩鮮豔的魚群，將海底世界勾勒成一幅繽紛美麗的畫作。

不知道游了多久，我們去到另一處岸邊，這裡有個山洞，沙灘也只有小小一塊，轉頭剛好可以把整座島看得更清楚。

「這是我的祕密景點，再過幾分鐘就天黑了，用手電筒照海底，會看見不一樣的星空喔。」

我不能理解孫夕晨說的話，拿起手電筒看了看，才發現這是UV手電筒。

「這裡眞的很棒，如果可以，我想一輩子都待在這裡。」孫夕晨輕聲說。

「那你就把你的女孩接過來啊，想待多久就待多久。」

「不行，我們沒辦法見面。」

「爲什麼？」

他低下頭，拿起枯枝在沙灘上亂畫，「她現在在離我很遠的地方。」

「難道她……」我腦中閃過一個猜測。

「她還活著，別亂想，只是我們無法見面而已。」孫夕晨似乎不想細說，我也不再多問。

今天的他比起昨天，多了一絲哀傷。

「之前發現這片海底晚上有多美時，眞的很想和她分享，她一定會驚呼連連，一定會永生難忘，一定……會馬上答應嫁給我。」

「最後這句太自戀了吧！」

他哈哈大笑，氣氛終於不再低落。

「你眞的很愛她耶，可以多和我說一些你們的事嗎？」這可不是違心之論，我是眞的想知道。

「好啊，妳不介意的話。」

「爲什麼我會介意？」

他忽然站起身，與我保持了幾步距離，「我怕妳會愛上我。」

說完，他倏地縱身躍進海裡，濺了我一身的水花。

「誰會愛上你這種自戀又小氣的男人啊！」我氣得撿了幾塊石頭往他的方向丟，他趕緊鑽進水中閃躲。

連我自己都沒發現，此時此刻的我，笑得有多開懷，自昏迷多年醒來之後，這是我第一次這麼快樂。

我以爲自己做了一個夢。

早上我在鬧鐘響起前就睜開眼，第一個反應便是翻身看向窗外的海，回味著昨晚的點點滴滴。

當孫夕晨牽著我一起浮在海面時，他的手和海水一樣冰涼，我的臉卻比豔陽還要熱燙。海底的生物因爲UV手電筒的照射而產生奇異的螢光，我一度以爲自己是在做夢，否則怎麼能置身於這般如夢似幻的場景裡。

孫夕晨自始至終都緊緊牽著我的手，從未放開。

直到我們上了岸，我的左手仍留存他手指的觸感，有某種奇異的情緒在我心中萌芽，但我說不清那是什麼。

走出房間，我瞥見房門上貼著一張手寫的便條：

今天餐廳臨時公休，民宿也暫停供應早午餐，還請自理。

好隨性的主人啊。

昨晚莫哥他們後來也去夜潛，大概是玩得太累，才決定休息一天吧。

關上門前，我不經意地往房內看了一眼，赫然驚覺床上沒有何安的身影，她睡得比我晚，居然起得那麼早？她早起去哪了？

在屋裡遍尋不著何安，我只好獨自騎摩托車出去晃晃，看看附近哪裡有賣吃的。沿著公路騎沒多久，前方出現一座涼台，何安那天中午應該就是帶著午餐過來這裡吃的吧。

小小的涼台裡鋪著涼蓆，簡直是在誘惑路人：快來這兒躺躺！

我從善如流，在路邊停好車後，迅速爬上涼台躺進去，閉起眼睛享受海風的吹拂。來到蘭嶼幾天，我已經慢慢適應海風的黏膩，只是躺了一會兒實在無聊，想到這裡離Kenji桑的店不遠，我決定去那邊看看有沒有賣三明治。

一見我來，Kenji桑熱情地問我：「昨天浮潛得如何？好玩嗎？」

「嗯，很好玩。」我的目光梭巡著牆上的菜單，「啊……眞的有賣三明治，得救了！」

Kenji桑了然地笑了笑，「幹麼？莫哥他們又臨時休息？」

「你怎麼知道？」

「他們常這樣啊，最近大家不都說什麼佛系，就是在說他們啦。」

「佛系營業嗎？那我大概懂了。」

「所以去他們那邊打工換宿很划算。」Kenji桑三兩下便做好一份豐盛的總匯三明治遞過來，並附上一杯美式咖啡。

「我剛剛才注意到，這間店的店名叫做『待』，爲什麼會取這個名字？」

他靦腆一笑，「因爲日文的『等待』是『待つ』，去掉後面的平假名，就用一個字代表就好。」

「等待……Kenji桑，你也在等浪嗎？」我半開玩笑地問。

「妳這個說法很有意思，等浪啊……衝浪首先要做的，就是等浪了。」

見他語帶保留，我不再追問。

我邊吃早餐邊觀察這間店，店內的擺設很貼近當地民風，有不少具達悟族特色的裝飾，Kenji桑是日本人，店內卻沒有任何一樣物品與日本有關。

結帳時，Kenji桑忽然對我說：「我其實是在等一個人。」

「喜歡的人？」

「嗯。九年前，我來台灣四處衝浪，在蘭嶼認識了她。她很開朗，衝浪的技術比我還好，我們一整個月都一起衝浪，她是在地人，邀我去她家吃過好幾次飯，我深深愛上了她……但我的旅遊簽證很快就要到期，只好先回日本再辦一次旅遊簽證，我打算想辦法在台灣找份工作，申辦工作簽證，等到能夠長期居留在蘭嶼之後，再向她告白。」

Kenji桑返回日本前，女孩匆忙趕去送他一程，兩人都欲言又止。女孩問他喜歡蘭嶼嗎？Kenji桑回答蘭嶼太熱了，不過他會再來的。這是他們最後的對話。

Kenji桑才一回國，日本便發生了三一一大地震，國難當前，他義不容辭加入災後重建工程，等他終於再次辦好旅遊簽證，已經是一年後了。

然而當他回到蘭嶼，才發現女孩早在半年前就接受了一名美國人的求婚，遠嫁國外，自此沒再回來過。

「九年了，我只想再見她一面。」Kenji桑惆悵地說。

我端起續了第三杯的咖啡，一飲而盡，「見她做什麼，你還要向她告白嗎？她都結婚了。」

Kenji桑嘴角微彎，目光落向遠方，「我只想把當年沒能說完的話告訴她，這樣……我才不會太遺憾。」

明明說了也不能改變什麼，爲什麼要做這種無謂的事？

我完全不能明白，但Kenji桑的表情和孫夕晨很像，他們……都在等待。

「說不定到時候只能對她說聲『好久不見』，其他什麼都說不出來。」Kenji桑苦笑。

我想起陳亦迅唱的那首〈好久不見〉。

或許這四個字，才是Kenji桑眞正想說的，一切的思念與遺憾，都藏在這四個字裡，不夠表達，也無法再多表達。

「Kenji桑，有個人可以等待和思念，或許不是壞事。」

他不解，「怎麼說？」

「世上有的人連愛是什麼都不懂。」我勉強扯出一抹笑容，把早餐的費用放在桌上，擺擺手離開Kenji桑的店。

聽完Kenji桑的故事，我現在好想和何安說說話，塡補心中那沒來由的空虛。

騎車騎到一半，我忽然想散散步，於是把車停在附近，慢慢走一小段路回民宿。

還沒走近民宿，就看見何安和京美站在民宿門外，似乎起了爭執，我倏地停下腳步。

「……先不提妳爲她做的這些，妳那天還說妳永遠不會喜歡她，根本是騙人的吧？」李京美很激動。

何安悠悠地說：「也不算是騙人，反正她永遠不會喜歡我，我們是彼此的家人。」

「妳只是在逃避，既然如此，妳爲什麼不告訴她妳的心意？如果她也……」

「好了，別再說了，我會和妳聊，是因爲妳那晚聽到我醉後說的那些話，別得寸進尺。」

「那……好，不說就不說。」京美賭氣道。

何安嘆了口氣，放緩了語氣：「我不是在逃避，只是偶爾會想，會不會有一天，她發現自己也能喜歡女生、喜歡我。我只是在等那麼一天罷了。」

「如果一直等不到呢？」

「當她的家人也很好啊。」

我看不到何安的表情，只能揣測，她說這句話時，笑得有多苦澀。

我快步走回之前停車的地方，發動車子離開。

惹人厭的毒辣太陽，曬得我渾身發燙，我的心卻比任何時候都還冷。

我是知道何安的心意的，一直都知道，我甚至阻止過她告白好幾次，又自私地希望她不要離開我身邊。

國一入學時，由於坐位相鄰、氣味相投，我們很快成爲好朋友。升上國二，何安剪了男生頭，還穿了耳洞，雖然我爲她外型的變化感到驚訝，但她還是她，並沒有改變。到了國三，我親眼目睹她和別的女孩接吻，才認知到原來她喜歡女生。

「妳爲什麼一點反應都沒有？」何安在放學的時候問我。

「我應該要有什麼反應？要嘲笑妳和喜歡的人接吻嗎？還是驚嘆妳居然已經有接吻的經驗了？」

「都不是，別裝傻。」

「何小安，想喜歡誰就喜歡誰啊！性別又不代表什麼。」

「妳眞的這樣想？不覺得我噁心？」

「如果有哪個渾蛋敢說妳噁心，我一定第一個去撕爛他的嘴！」

「哇啊！好可怕！都不知道妳這麼暴力。」

「所以，喜歡一個人就去喜歡吧。」

後來我才知道，何安是故意讓我看見的，她想知道如果對我出櫃了，我還會不會是她的朋友。

又過了幾年，她喝完酒對我說：「這麼多年，只有妳沒把我當怪物看。」

聽到這句話，我心裡很酸，她明明沒哭，我卻替她哭了。

「小絮，如果、如果我……」

「何小安，我們一輩子都會是好朋友吧？」我打斷她的話。

她愣了愣，「妳在說什麼呢？我們是家人。」

「對，家人。」

我卑鄙地用這兩個字圈住她，不給她希望，也不想她絕望。她知道的，我喜歡不了女生，我連我自己有沒有辦法愛上一個人都不清楚，無論對方是男是女。

打從一出生，我就是個不配得到愛的孩子。

我騎車來到離餐廳最近的那座涼台，看著被陽光照射得閃閃發亮的大海，一時間出了神。

「爲什麼要等我呢？別等啊，別等。」我喃喃低語。

好像每個人都在等待，在那道浪來臨之前，我們除了盯著海看，還能做什麼呢？祈求明天一覺醒來，等待的一切都能有好的結果嗎？太可笑了。

一道刺眼的反光從海岸邊折射過來，像發光的寶石。

儘管有些好奇，但我實在懶得走過去查看，此時李京美忽然騎著車從後方過來，在我旁邊停下。

「小絮，那邊有個東西在發光耶，我過去看看！」

李京美活力旺盛，像個對世界充滿好奇的小孩，好像任何一點小事都能讓她覺得有趣。就像現在，她居然直接把還沒熄火的摩托車丟下，飛快奔向海岸。

我替她將車子熄火，望著那抹嬌小的身影跑過去又跑回來。

上氣不接下氣的她，手上拿著一個玻璃瓶。

「是瓶中信！」

「好啦，妳冷靜點。」

那是個沒有任何商標的透明玻璃瓶，裡頭裝著一封信，瓶口用軟木塞塞住。

「京美，這個要回去拿開瓶器才能開吧。」

「誰說的？」她舉起瓶子往涼台的邊柱用力一敲，瓶身應聲而碎，「這不就好了！」

「小心碎玻璃，別刮傷手。」說著，我往民宿的方向瞥去一眼，我有點擔心何安，不知道她剛剛和京美起過爭執後怎麼樣了。

「哇！我一定要回信給這個人！妳快看這封信！」京美大呼小叫，把信紙遞到我面前。

定睛望去，信紙竟然是用羊皮紙製成，搭配墨水字跡，看起來就像是只會出現在電影中的道具，這莫不是惡作劇吧。

給收到信的人：

我是一名過來綠島玩的遊客，很想知道若是把瓶中信扔入大海，最後會不會有人收到，所以做了實驗。

在這之前，我去了台灣很多地方，不管去到哪裡，都覺得自己不屬於那裡，即使回到台北的租屋處，也還是很孤單。

有人說，旅行是找回自己的方式。

但我卻認為，找不到自己的人，不管去了多少地方，也找不回不知何時遺失的靈魂吧。

明天我就要回去了，回去繼續當那個無聊的我，繼續過著日復一日的平凡生活。

別人旅行回來，總有許多事可以說，而我回去後，大概只能向提問的家人說：嗯，很好玩。

我寫了一封瓶中信，很好玩。

信的結尾有那個人的署名和日期，他甚至還寫上了他的地址。

我被他信裡的幾句話給刺進了心底——

不知何時遺失的靈魂。

我想告訴他：靈魂不是突然遺失的，而是一小片、一小片，隨著在乎的人對自己的冷漠而逐漸消失。

「這有什麼好興奮的？」我淡淡道。

「這封信是他去年寫的，他也有留下姓名地址，代表我回信給他，他一定能收到！我的『遠方明信片』終於開張了！」京美依舊興致不減。

「他這麼悲觀，妳要怎麼回他？」

京美自信一笑，「很簡單啊，就跟他說：瓶中信眞的很好玩，你等到我回信給你了，快去和你的朋友炫耀吧！」

我輕笑出聲，「京美，有沒有人說過妳很樂觀？」

她的笑容略微一僵，隨即點點頭，「大家都這麼說啊，說我像個小太陽。」

「嗯，是蘭嶼的第二個太陽喔！」

京美笑得開懷，拉著我一起回民宿寫明信片。

結果我們才回到民宿，剛剛還豔陽高照的天空，竟然烏雲密布，下起了雨。

「妳們回來啦，午餐差不多好了。」何安像個沒事人一樣，煮了幾道我愛吃的菜。

「好香啊！天啊，妳廚藝眞好。」京美讚美完何安的廚藝，接著嘰哩呱啦和何安說了瓶中信的事。

何安卻只默默夾了一塊肉給我，完全不搭理她。

「喂，妳這樣很沒禮貌耶。」京美氣得嘟起嘴，忿忿地扭過頭去。

何安輕輕將她的頭轉向餐桌，「先、吃、飯。」

「知道了啦。」

「下雨了，妳等等還會去找那個新朋友嗎？」何安狀似不經意地問我。

「我也不知道……」我囁嚅道，不曉得孫夕晨下雨還會不會過去。

「他叫什麼名字？是外地人？還是遊客？」

「小安，妳現在像個操心的老媽子，別問了。」

「咳……我只是好奇，妳又不常交新朋友。」

「我可以從現在開始變成社交達人啊。」

「對嘛，晚上我帶妳去一個地方喝酒，那裡很好玩喔！」京美親親熱熱地挽著我的手。

「好哇！我想去。」我笑著點點頭。

何安看我倆一搭一唱，最後有點賭氣地說：「隨便妳們。」

這場雨來得突然，走得卻很慢。

雨一直下到下午四、五點，都還有雷聲陣陣，本來一片湛藍的海也變得灰濛濛的，大浪直撞岸邊，像颱風來臨前一樣。

我找出雨傘準備出門，何安從書中抬起頭，瞥了我一眼，「早點回來。」

「小安。」

「嗯？」

「我其實有點在意這個人。」

何安沒有接話，只是看著我。

「但我還不清楚，是出於什麼心情在意他。」我老實說出心中的想法。

她放下書，表情不見震驚，而是嚴肅。

「目前……我只是很想知道，他和他女友有著什麼樣的故事。」

「別喜歡上他喔，都有女友了。」何安警告我。

「我知道。」我微微低下頭，或許是怕自己臉上會流露出心虛。

徒步走去那片海灘有一段路，從中午開始下的這場雨，雨勢不大也不小，海上當然沒有衝浪客了，遠遠望過去，沙灘上也冷冷清清，唯有那道凝望著大海的身影始終屹立不搖。

等我走下堤防，竟看見他抱著浪板走進海中。

孫夕晨不是還沒學會衝浪嗎？而且在這種天氣下水，他瘋了啊！

風很大，拍打在岸上的浪都不小，他還是一直往海裡走去。

我奮力地奔跑大喊：「喂！你在幹麼！快上來！」

聽到我的呼喊，孫夕晨驚訝轉頭，身後捲來一道大浪瞬間淹沒了他，我嚇得差點心臟都停了，最後他是靠著浪板游回岸上。

「你到底在幹麼？浪這麼大，你還敢衝下去！不要命了？」

做出那麼危險的舉動，孫夕晨的樣子卻顯得一派輕鬆，「我當然很珍惜生命啊，我只是想感受一下被大浪打在身上的感覺。」

「你……」我氣到說不出話。

他從口袋掏出濕漉漉的手帕，擦了擦我頭髮上的水珠，對我微微一笑。

「喂！我這麼生氣，你居然還有心情笑？」我抓住他的手，更氣了！

「妳因爲擔心我的安危而生氣，我當然高興，感覺我們是朋友了。」

「我、我哪有生氣。」我吶吶地辯駁。

他彎身鑽進我舉著的傘下，「明明就有。」

「你靠、靠太近了！」我又把他推回雨中。

孫夕晨一臉無辜地看著我，彷彿在無聲指責我竟狠心讓他淋雨。

「不然我們去那支大傘下躲躲？」他指向旁邊沒被收走的沙灘陽傘。

我點點頭，和他一同躲到傘下，雨勢也逐漸減弱了。

「我也惹她生過氣。」孫夕晨忽然沒頭沒腦地說起女友。

「然後呢？」

「她大我兩歲，她很在意這點，應該說她在意的事太多了，卻又老是悶在心裡不說，想在我面前當個堅強的女人。有一次她在公司聚餐時被同事灌酒，喝得酩酊大醉，連路都走不穩，摔了一身傷，隔天膝蓋痛得無法下床，她卻沒告訴我。」

女孩忍著疼痛，要他這兩天先不要去找她，她工作很忙。

孫夕晨比女孩以爲的更瞭解她。他早就發現女孩每次在忍耐痛苦、忍耐悲傷的時候，說話會變得比較簡短，語調也會刻意裝出輕快。

因此他逕自去了女孩的住處，見到她身上的傷，他非常氣。

「妳是不是忘了妳有男友？」

「我沒忘。」

「那妳可不可以多依賴我一點！」

「當個小女人嗎？你知道我不會這樣。」

「就算只是一點點也好，妳看妳公司那個誰的女友，至少還會對男友喊痛！」

吵架沒好話，這句話刺傷女孩了，她整整一個星期都不肯見孫夕晨。

他故意埋伏在她午餐慣去的餐廳，並拜託服務生讓他爲她上菜。

見到他端著餐點笑嘻嘻地站在桌邊，女孩嚇了一跳。

「幹麼？這位小姐，妳很驚訝？」

「看到自己男友忽然變成餐廳服務生，當然驚訝。」

「原來妳還記得我是妳男友啊。」

「幼稚。」她笑了，被他的幼稚氣笑，也拿他的幼稚沒轍。

「所以你喜歡的是女強人類型？」聽完這段，我覺得孫夕晨的女友性格眞的很倔強，但孫夕晨無論如何都會站在她的身後，溫柔守護她的倔強。

眞好。

「不是，我喜歡的是她，不管她是什麼類型。」

「等你學會衝浪，就能去見她了？」

「嗯，也許吧。」

「如果我比你早學會，你到時候能回答我一個問題嗎？」

「我現在就能回答妳啊。」

「不，我要贏了再聽。」

雨停了。天空的烏雲已然散去不少，透出一點點紅色的霞光。

「那如果妳沒有比我早學會，妳就不問了？」孫夕晨饒富興致地側過頭看我。

「對，我就把那個問題寫在信紙上裝進瓶子、丟入大海，讓撿到的人回答我。」

「這還眞不像妳會說的話，妳這麼浪漫？」

「我不浪漫，一點也不。」

「好啊，一言爲定。」

我們在夕陽下打勾約定，孫夕晨有他學習衝浪的動力，現在我也找到我學習衝浪的動力了，如果我能比他早學會衝浪，我想問他——如果我比她早認識你，可不可以，我也能喜歡你？

今天的晚餐異常豐盛。

原來昨晚莫哥和丹姊夜潛完興致不錯，索性出海夜釣。滿載而歸的他們，把大部分的魚獲都分送給鄰居，留下一條肥美的紅石斑爲大家加菜。除了煮成魚湯、切成生魚片，還各有一段魚身紅燒和乾煎，簡直是一魚多吃，而且桌上居然還擺著一大盤新鮮的海膽！

「哇！我口水都要滴下來了！」京美誇張地讚嘆。

「妳們三個也來這兒好多天了，趁這個機會讓妳們大吃一頓。」莫哥笑容滿面。

「莫哥，這一餐都可以抵我們一天的住宿費了，太豪華了。」依何安的個性，等等一定會私下塞錢給莫哥。

「小安，要是當初沒有妳，我也不會回到蘭嶼，所以別廢話了，趕緊吃就是了！」莫哥說著又爲她添上一杯啤酒。

「是啊，雖然我一開始其實滿怨妳的，我一點都不想來這麼偏僻的地方生活……不過，現在很謝謝妳，能在這裡度過下半輩子，我覺得很幸運。」丹姊摸摸何安的頭，把她當自己女兒一樣疼。

「你們別這樣，我都不好意思了。」何安難得害羞，平常的她不是邪魅惑人，就是擺著一張冷臉，居然也有像小女生一樣神情羞澀的時候。

「莫哥、丹姊，你們說清楚一點，小安當初到底做了什麼啊？」京美插話。

此時何安莫名看了我一眼，眼中隱約閃過一抹憂色。

莫哥倒是不避諱，喝了口啤酒便娓娓道來。

他和何安是在台北的酒吧認識的，那時的他還是個上班族，每天都得加班，也每天都被老闆當狗罵。熬到下班後，由於身心過於疲累，就算馬上回家躺在床上也睡不著，於是他習慣去家裡附近的酒吧喝點小酒，放鬆一下。

莫哥自去到屏東念高中起，就時常因原住民身分而遭受歧視。大家一聽說他來自蘭嶼，就笑他是不是每天都穿丁字褲。家鄉的文化受到嘲笑，讓他很憤怒，但他不想給寄宿家庭的人惹麻煩，只能忍氣吞聲。

他以爲，只要日後換個環境，一切就會不一樣。

然而並沒有不一樣。無論他去到哪裡，人們對原住民的偏見始終存在。進到大學，同學都認定他是靠原住民身分加分，才能考上大學；畢業後出社會，上司同事都覺得他一定很愛喝酒，甚至還會因酒誤事。

「小時候，看著黑白電視機裡的節目，心想這輩子總有一天要去本島看看，看看時髦的高樓大廈，看看夜晚的燈火通明，是不是比我們蘭嶼的星空還美。我想著離開故鄉打拚，然後像其他人一樣，在出人頭地之後，帶著大都市才有的電器和精品回來。」莫哥說到此處，又多喝了兩杯酒，神情複雜。

他在城市奮鬥多年，努力到後來，他漸漸迷失自我，也忘了家鄉，他像是一尾拚命逆游而上，卻徒勞無功的小魚，最後只能順著溪流被衝進大海，無力抵抗。

酒吧是唯一能讓他忘卻煩惱的地方，他也是在那裡認識了丹娇與何安。

與何安日漸相熟後，有一天何安問莫哥，爲什麼他明明很想念家鄉，卻不肯回去？何安告訴莫哥，她有個朋友一輩子都在逃避自己的家，可是不管逃多久，她最想回去的，還是那個家。人從哪裡生來，最終也會回到哪裡去，就像是鮭魚迴游。

何安還對莫哥說，別再假裝成另一個人，她懂得假裝的感受，她也是在近幾年才慢慢坦然做自己。

當年何安這席話，在莫哥心中投下了震撼彈，他後來趁著連假回老家一趟，忽然明白了這麼多年他始終不敢回家的原因，不是怕族人笑他沒出息，而是他內心知道，一旦再踏上這片土地，就不想走了。

聽完莫哥的故事，我大概能理解何安在擔心什麼，她口中的那個朋友，一定是我。

我也跟著乾掉一杯酒，不發一語。

我不懂何安爲什麼會突然去了台北，我記得我發生車禍那年，她明明剛拿下亞洲花式調酒冠軍，正如火如荼地準備世界賽，但我什麼也沒問。

其實是不敢問。

我不怎麼想知道，那五年間大家都發生了些什麼事，也不想知道他……過得好不好。

晚上回到房間就寢，何安坐在小沙發上看著我，「妳又想多了吧？」

「想什麼？」

「妳這幾個月一直沒問過我他的事。」

「要問什麼？」

「問妳爸現在過得怎麼樣。」

手上的衣服摺到一半，我忽然不想摺了，乾脆丟在一旁，整個人躲進被窩。

「那他現在過得怎麼樣？」我悶聲問。

「還是老樣子。我一、兩個月就會去看他一次。」

「嗯，那就這樣吧。」

「妳不想見見他嗎？」

「不想。我從沒想過要回去，況且我哪有什麼家。」我的聲音從被子裡傳出去，聽起來窩囊極了。

何安不再逼我，跟著關燈爬上床。

直到她的鼾聲微微響起，我才把頭從被子裡探出來，輕吐一口氣，雖然這麼做一點都無法減緩胸口的疼痛。

深夜兩點多，猶自未能入睡的我，決定去外頭吹吹海風、聽聽海浪的聲音。

走著走著，我竟然又走到了那片海灘，腳下的沙不同於下午的濕黏，已經恢復了乾爽。我拉拉身上的薄外套，感到有點冷。

「妳失眠了？」

孫夕晨的聲音從背後傳來，我扭頭望去，只見他坐在堤防上，對我揮了揮手。

「你怎麼在這？」

「我也失眠了，因爲酒喝得不夠。」

「白痴。」

「看來妳今天心情很不好，說吧，我可以當妳的垃圾桶。」

「我幹麼跟一個不熟的人說心事啊。」

他躍下堤防，走到我身旁，「這妳就不懂了，我和妳的社交圈完全搭不上邊，所以告訴我是最安全的，我就是妳的樹洞。」

我歪頭想了下，「你和我說你女友的事，也是把我當成樹洞？」

「妳懂就好。」

我忽然有點不是滋味，可我現在沒心情和他鬥嘴。

「你上次不是說，你媽要你好好孝順她，才爲你取這個名字嗎？」

「對啊。」

「我也跟你說過，我的名字出自兩句詩。如風後入江雲，情似雨餘黏地絮，意思是：那人就像隨風飄入江中的雲般消逝不見，我的思念卻好似雨後沾黏在泥地裡的柳絮般膠固難移。」

「好悲傷的詩啊。」

「嗯，我爸要我記住，我的出生奪走了他此生最愛的女人，而他必須一輩子抱著永遠無法得償所願的思念，直到死去那天爲止。」

一樣是難產，孫夕晨的媽媽活下來了，我媽媽卻因血崩而離世，我很替孫夕晨和他媽媽高興，但我忍不住會想，如果我媽當時也活下來了，爸爸還會恨我嗎？

「從我一出生，我爸就把我丟給我奶奶照顧，一年只能看到他幾次，他也從來沒叫過我的名字。小六的時候，我奶奶過世了，他把我接過去住，自己卻搬到別的地方，只留下一個銀行帳戶，裡頭的錢夠我生活無虞。我國中畢業後，他又往戶頭匯了一大筆錢，叮囑我不要亂花，這筆錢花光就沒了，他說他辭掉了工作，打算去深山隱居，要我沒事不要出現在他面前。」

「哇，你從小就過得很自由自在耶，沒人會管妳，也沒人會揍妳，眞好。」

「一般人聽到我說起這段悲傷的過去，會像你這樣回應嗎？你要當個稱職的樹洞啊。」

「是！我是樹洞！」孫夕晨立正站好，表情非常白痴。

我被他逗得笑了幾聲，才又接著說：「我從那年就再沒見過他，都快忘記他長什麼樣子了。」

「我之前說錯了。」他撿起一個白色的海螺，慢條斯理地把裡頭的沙子挖乾淨。「妳不是在等自己願意往前邁步，而是在等自己什麼時候願意……回家。」

一道大浪突然打過來，水花濺得我們半身濕。

「看來，浪已經來了。」我笑道，即使這個笑很勉強。

「不，妳連怎麼看浪都還不會，妳可是比我還低階的超級初學者。」

「等著看吧，我明天就找位好教練教我！」

他把海螺放在我的手心，燦然一笑，「好啊，我等著。晚安。」

「晚安。」我幾乎是含在嘴裡說出這兩個字的，我怕說得再大聲些，就會像是戀人們互道晚安。

我把海螺放到耳邊，聽到一陣熟悉的嗡嗡聲。

第二章　划水

雖說我很想趕快開始學習衝浪，但接下來幾天適逢周末，且正值暑假，島上迎來許多遊客，我們簡直忙得團團轉，甚至不得不延長餐廳的營業時間，好應付絡繹不絕的人潮。

「媽媽，坐船好好玩喔！可是爲什麼不能坐另外一條船？」一名大約小學四、五年級的男孩意猶未盡地說，他似乎很滿意剛才搭乘拼板舟的體驗。

「什麼另一條船？」

「就在剛剛坐船的地方啊！那條船被布蓋起來了。」小男孩振振有詞。

「媽媽沒注意到耶，不然等等過去看看吧。」

「耶！」

啪！

坐在隔壁桌的老爺爺重重拍了下桌子，轉頭用銳利的眼神瞪著那對母子。他身材健壯，白髮在腦袋後方綁成一小撮馬尾，神態不怒自威。

莫哥趕緊擋在老爺爺面前，低聲說：「藍波伯，沒事，他們碰不到的。」

老爺爺猶自怒氣未消，忿忿地改坐到吧檯前，像是選擇眼不見爲淨。

那對母子完全沒注意到老爺爺的舉動，很快買單離開了。

鄰近傍晚，店裡的客人早就走光，唯獨老爺爺仍坐在吧檯喝酒。

「吃飯了、吃飯了！」莫哥把剩下的食材做成配料豐富的炒飯，還煮了一大鍋鮮美的蛤蜊湯，爲我們補充消耗的體力。

「藍波伯，來喝碗湯解解酒。」丹姊熱情招呼老爺爺過來一起用餐。

稍早之前聽到老爺爺的名字，我立刻想到電影《第一滴血》，裡頭的男主角就叫藍波，不過我沒敢說，因爲他看起來實在太凶了。

「啊，好好吃喔！炒飯原來是這麼美味的食物！」京美對美味的餐點讚不絕口，明明她不是來打工換宿的，卻也陪著我們工作了一整天，要是少了她的幫忙，我和何安極有可能會累死。

「京美，今天眞的謝謝妳，妳的住宿費用……」丹姊帶著歉意開口。

「絕對不行，一毛我都不會少給的。」在這一點上，京美異常堅持。

「丹姊，妳就收下，反正她喜歡付。」

「小安，妳對京美不要老是這麼不客氣。」

「對嘛，我是因爲妳才願意幫忙的耶。」京美嘟起嘴巴。

好一記直球。

每次旁觀其他女孩追求何安的過程，我總是爲她們的積極主動咋舌，但何安本人卻時常並不領情。

晚餐大家一下子就掃光了，辛勤工作後，一人一杯冰啤酒，似乎就是紓解疲勞的最佳良藥，只有藍波爺爺仍一臉鬱悶地坐在一旁。

莫哥拿著酒瓶湊到他身邊，替他斟了一杯，「唉！藍波伯，我們既然已經決定順應這個世界，就該放下一些……」

「不能忘本。」短短四個字，表達了藍波爺爺的心聲。

「你知道的，我們沒有人忘記，你也清楚那對母子是靠近不了我們的拼板舟的，又何必生氣呢？」

藍波爺爺沉重地嘆了口氣，「這些觀光客根本不懂拼板舟的意義！憑什麼坐！憑什麼隨便評論！」

「藍波伯，我送您回家吧，湯也幫您包好囉。」丹姊笑吟吟地拍拍藍波爺爺的背，替他順氣，深怕老人家因情緒過激而血壓飆高。

莫哥目送丹姊陪同藍波伯離開，也跟著嘆了口氣。

何安拿過他的杯子爲他倒酒，「莫哥，蘭嶼這些年的改變，也是迫不得已，不是嗎？」

「就因爲知道是迫不得已，才覺得悲哀啊。」

我大概猜得到他們在聊什麼，卻一句話也插不上。來到蘭嶼好些天了，我注意到部分當地居民會用帶著敵意的眼神看我，或者應該說不單是我，是所有的外來客。

其實蘭嶼已經算得上是相當保留當地傳統文化了，然而隨著商業觀光的浪潮席捲而來，一切遲早也會逐漸改變，也難怪藍波爺爺如此憂心了。

「小安。」

「嗯？」

「剛剛那個老爺爺……身材看起來滿結實的。」我心中浮現一個念頭。

何安愣了下，「妳別告訴我，妳現在的擇偶範圍這麼廣。」

「妳在說什麼啊？我只是在想他那麼精壯，又是在地人，搞不好可以教我衝浪。」

「妳想學衝浪？那很可怕耶。」京美露出驚恐的表情。

莫哥大笑，「小絜，妳很有眼光喔，藍波伯以前可是我們部落裡最會衝浪的好手！雖然我們這群在海上長大的孩子，沒有一個不會衝浪，但只有藍波伯能最快看出海流的變化。」

「那麼厲害？」我沒想到自己誤打誤撞挑中了一位大師級人物。

「可他不是很討厭外地人嗎？」京美歪頭發問，「小絜妳想學，去衝浪店問，一定有很多人願意免費教妳吧？妳長得那麼正。」

何安皺眉，「那些人先不說技術好不好，肯定都心懷不軌。」

一抓到可以調侃何安的機會，我馬上開口：「小安，妳也好意思講別人心懷不軌，妳啊……」

她掏掏耳朵，趕緊拿起一瓶酒就要離開，「我先回民宿了。京美，走了！」

京美一聽，立刻像隻聽見主人招喚的小狗似的，高興地尾隨在後。

儘管嘴上說不喜歡京美，何安還是會讓京美跟在身邊，大概就是因爲這樣，才會使得那麼多女孩子對她又愛又恨。

「莫哥，藍波爺爺應該不會像電影裡的藍波一樣凶狠吧？」我半是玩笑半是試探地問。

「哈哈哈！小絮，我們達悟族從來不是討厭外地人，而是需要一份尊重而已。」莫哥拍拍我的肩，回到廚房善後。

是啊，尊重。

我怎麼忘了最簡單的道理。

我可以三顧茅廬前去拜師，用誠意打動藍波爺爺，不過在那之前，我想先用前天購入的練習板自行練習趴板。

爲了能有更多時間練習，我選擇早起。我也愈來愈喜歡清晨的海岸了，雖然這片海面西，看不到太陽從海面升起的景色，但清晨帶有涼意的海水，能稍微緩解一些暑氣。

做好熱身運動，我刻意挑了最邊邊的地方走去，這樣比較不會被人看見我這個超級初學者的蠢樣，雖然那些厲害的衝浪手根本不會逗留在岸邊。

慢慢走到淺灘處，我把板子放在海面，試著趴上去，卻連不從板子上翻落都有困難。

天啊，我那無可救藥的平衡感，真的有辦法讓我學會衝浪嗎？

「哼，連路都還不會走，就想學跑？」穿著吊嘎背心的藍波爺爺，一臉不屑地站在一邊，手上拿著一塊老舊的短浪板，上頭刻繪的圖騰，和拼板舟船身上的圖騰很像。

不等我反應，他老人家早就看好了浪，迅速趴上浪板划向大海，他划水的速度快到我都忘了他是個老人，當一波浪將要打向他，他竟然立刻潛進海裡，再冒出頭時，他離岸邊已有一小段距離，幾分鐘後，他乘著一波大浪帥氣地返回岸邊。

藍波爺爺走到我旁邊，把浪板立在沙灘上，冷哼一聲，「如果妳只是想玩玩，還是快滾吧！連海流都不會看，去海上只是找死。」

「可、可以請您教我嗎？」我鼓起勇氣說。

他拔起浪板，轉身就走。

「我和人打了賭！要是我可以比他先學會衝浪，就能告訴他我的心意！」我大聲脫口而出。

藍波爺爺停下步伐，回過頭看我，「那妳就更不能學，海可不是妳的遊樂場。」

「就算能夠告訴他我的心意，他也不可能和我在一起，我只是不想讓我的心意隨著海流漂走。」我愈說愈小聲，連我自己都很驚訝，才認識孫夕晨幾天而已，我對他的感情竟然已膨脹至此。

我……已經那麼喜歡他了嗎？

藍波爺爺三兩步回到我面前，直直地盯著我的眼睛，「倘若眞是那樣，爲什麼妳的眼睛充滿了猶豫？猶豫的人可戰勝不了浪。」

「我一定會變堅強的，但在那之前，我需要一位老師。」

「老師？我還沒那麼厲害，可以被你們這些觀光客叫老師。」

「不叫老師，那叫爺爺！我沒有爺爺，如果我有，他一定和您一樣勇猛，人老心不老！」我卯勁全力想要說服他，不願輕易放棄。

他忽然咯咯地笑了，曬得黝黑的臉龐因爲大笑而疊起許多皺摺，「妳這孩子可以啊，精神不錯。」

說完，他抬腳往海堤上走。

「上來才能看得更清楚。」

我愣了幾秒，領會到他的言下之意，慌忙扛著板子跟上，他願意教我了！

「首先，妳得先看出離岸流在哪裡，離岸流很危險，新手一定要避開。妳看，唯獨那塊海面沒有浪，那裡就是。」藍波爺爺指著我剛剛練習的地方。

就是因為沒什麼浪，我才選中那裡練習，沒想到看似平靜的海面下卻蘊藏危險。

「還有，海流隨時會變化，不能掉以輕心。」方才還不怎麼願意教我的藍波爺爺，此刻講述得既仔細又有耐心，說了許多水域注意事項。

時間一下子來到九點多，天氣也愈來愈熱。

「喂，小姑娘，我教妳這麼多，妳還沒付學費呢。」藍波爺爺冷不防話鋒一轉。

「對、對不起……請問要支付您多少費用呢？」我連忙問。

「我想吃那個阿本仔煮的味噌湯，妳如果能說服他煮給我喝，我就教妳衝浪。」

藍波爺爺眼底閃過一抹精光。

我心中略微一沉，他提出的這個條件大概沒那麼容易辦到。

「妳成功了就過來找我，我每天早上都會來衝浪。」

蘭嶼是個奇妙的地方。

我本來討厭陽光沙灘海，在蘭嶼待了將近一週，陽光沙灘海好像都變得沒那麼討厭了，甚至當我陷入苦惱的時候，都還會想要去海邊整理思緒。

晚餐後，我獨自躺在涼台裡，閉起眼睛回想今天早上的事。

今天早上我興沖沖地跑去Kenji桑的店裡，一開口說想要點一碗味噌湯，Kenji桑臉色就變了，他淡淡回了我一句「菜單上應該沒有這道吧」。

我聽出他話裡的防禦與拒絕，不敢再多問。

Kenji桑很明顯不願意煮味噌湯，爲什麼？

「江雲絮，妳整天這樣無所事事地躺著，還想要比我先學會衝浪？」孫夕晨不知道是什麼時候爬上涼台的，他靠在柱子上似笑非笑地看著我。

我嚇了一跳，飛快坐起身，緊張地抬手整理頭髮。

「你怎麼在這？」

「傍晚沒在海灘上看到妳，所以就四處晃晃，看能不能遇見妳。」

「你要遇見我幹麼？」

他在我旁邊坐下，「當然是監督對手的進度，還能幹麼？」

「呿，我的進度舉步維艱，滿意了嗎？」

「說來聽聽。」

我把藍波爺爺提出的要求和Kenji桑的反應告訴他，他聽完之後，沉默了半晌。

「難道你知道些什麼？」

孫夕晨抓了抓頭，「我之前是有聽別人談論過啦……不過今晚的月亮那麼美，坐在這裡討論這件事，不是很浪費嗎？」

「啊？」

他直起身來，「妳有摩托車嗎？」

「有，就停在旁邊……」

「妳騎車載我，我帶妳去一個地方。」

「你這人怎麼這樣？潛水裝備要我去租，摩托車也要騎我的。」我有點傻眼。

「別抱怨了，那個地方很美喔。」

步下涼台，他毫不客氣地跳上我的機車後座，一般男生普遍不太喜歡給女生載，嫌沒有男子氣概，他倒好，完全沒這種顧慮。

他沒有摟著我的腰，雙手抓著機車後面的把手，在我耳邊輕聲哼唱起一首日文歌。

空の声が聞きたくて
風の声に耳すませ
海の声が知りたくて
君の声を探してる（註）

〈海の声〉詞：筱原誠　曲：島袋優

「你爲什麼要唱這首歌？」我忍不住問。

「Kenji桑常常在半夜兩、三點的時候，一個人坐在堤防邊唱這首歌。」

「你半夜都不睡覺啊？還偷聽別人唱歌。」

「順著前面那條路騎。」孫夕晨指完路後，語帶笑意地說：「我睡得本來就不多，哪像妳，豬。」

「你說話之前最好爲你的生命安全著想，現在可是我載著你喔。」

「……對不起。」

既然他如此識時務，我也不跟他計較，「你居然會唱日文歌，也太厲害了！」

「謝謝誇獎。」

「你還眞不懂得謙虛。」說是那樣說，但我輕輕笑了，「再唱一次吧。」

我在等待什麼呢　也許我在等待

是一種永遠沒有結果的緣分

〈逆時光的浪〉詞／曲：畢書盡、陳又齊

註：該段歌詞譯成中文爲：想聽見天空的聲音，想聽清楚風的聲音，想知道海的聲音，想尋找到妳的聲音。。

這次孫夕晨唱了首中文歌，旋律和歌詞都很悲傷。

「你這人怎麼不按牌理出牌啊，我又不是點這首。」

「忽然很想唱這首〈逆時光的浪〉，而且我歌聲好聽，唱什麼都好。」

「我眞的好想甩尾把你甩下車喔。」

「啊！到了，就是前面。」

四周沒有路燈，沒開機車大燈根本看不清前路，好在車廂裡備有手電筒，我們停好車後，便打著手電筒走在草皮上。

孫夕晨一副熟門熟路的樣子，拉著我就往前方一處洞口走，「別怕，裡面沒有蝙蝠，也沒有鬼。」

「我看起來像膽小鬼嗎？哼。」

洞口不深，走一會兒就從另一頭穿出去，眼前迎來的是一片海，一片被滿月照得發光的月光海。

今晚風浪不大，微微起伏的海面倒映著月光，讓人想起夏目漱石那句經典名言。

「今晚的月色眞美。」

「今晚的月色眞美。」

孫夕晨幾乎和我同時脫口而出，我緊張地別開眼，心想他一定不知道這句話的言下之意。

「大約是半年前吧，有個日本客人向他反應，他煮的味噌湯並非道地日本風味。」孫夕晨冷不防說。

「什麼？」我一時沒反應過來。

「就Kenji桑的事啊，他被自己的同胞這樣說之後，味噌湯就從他店裡的菜單上消失了。可能是離開家鄉太久，他已經忘了味噌湯正宗的味道。」

「不能忘本。」

我想起藍波爺爺說過的話，他之所以提出這個要求，難道是……

「這根本是強人所難啊，既然如此，我要怎麼說服Kenji桑煮味噌湯？」我頓時覺得自己被藍波爺爺坑了。

「我有辦法。」孫夕晨得意一笑，眼底閃爍著自信的光芒，令我胸口一緊。

「看你那副嘴臉，肯定是想算記我吧，你可不要以為這樣就能贏過我。」

「那就再聽我說個故事吧，樹洞小姐。」

「好。」

反正夜還很長，月色也很美，看著孫夕晨說起女友時那深情款款的側臉，更讓我有種隱隱作痛的沉醉感，或許我是被虐狂也說不定，就像整天跟在何安屁股後面跑的京美一樣。

孫夕晨的女孩方向感不太好，個性倔強的她卻不願意承認這一點，「我不是方向感不好，只是隱形眼鏡度數不太夠，才會找不到路。」

女孩確實隱形眼鏡度數不太夠，因此在人海之中，往往都是他先看到了她，而她像隻慌張的小鹿般左顧右盼，就是找不到他。

有一年十月，他們一起去日本大阪環球影城玩，由於時近萬聖節，遊樂園裡的遊客非常多。

女孩說要去上廁所，他想著女孩不會日語，英語也不太好，所以他一直緊盯著廁所門口，怕她出來找不到他就糟了。

但他還是把女孩弄丟了，而且網路的分享器也在他身上，女孩一定很慌張。心急如焚的他踮起腳尖環顧四周，本來遠遠瞥見了女孩的身影，但等他艱難地穿過重重人群走過去，女孩早已消失不見。

他要自己冷靜下來，思索女孩這時候會怎麼做。女孩有點強迫症，即使兩人走散了，她還是有很大的機率會按照原來的行程走，於是他出發去下一個景點找她。

他以最快的速度趕到紀念品店，他們本來說好接下來要過來這裡買明信片。

然而他仍然沒能在紀念品店裡找到女孩，但他注意到明信片的陳列架上，貼著一張藍色的圓形貼紙，他認出那是她前一天買下的貼紙。

他愣了愣，決定相信直覺、相信她。

按照行程表，再下一個行程是去往哈利波特園區的三根掃帚餐廳用餐，他雖然還是沒在餐廳裡找到女孩，卻在餐廳的門板上發現了同樣的藍色貼紙。

他很確定女孩目前人也在哈利波特園區，而他們還未使用位於此區的「禁忌之旅」遊樂設施快速通關券，他猜測女孩可能往那裡去了。

在搭乘該項遊樂設施前，遊客必須先把身上的隨身物品放入置物櫃，他果然在其中一個鎖上的置物櫃旁再次發現藍色貼紙。

他笑了笑，忽然覺得她是在和他玩遊戲，也只有她有這個膽量，在人生地不熟的地方迷路，還有心情大玩捉迷藏。

等他玩完這項設施，走到出口時，那抹熟悉的身影就站在外面等他。

女孩臉上漾著俏皮的笑容：「是不是很擔心我啊，傻瓜。」

「妳是不是想說，妳是故意走失的，絕對不是妳找不到我？」

「非常正確！」她得意洋洋地說，「好啦，那我們去吃飯吧。」

下一秒，他手一伸便將她用力擁入懷裡，「我還以爲我把妳搞丟了。」

「我相信無論我們被沖散得多遠，你一定能把我找回來，一遍又一遍。」

他在她耳邊悄聲道：「怎麼辦？我想現在就回飯店。」

「停停停！後面的事我就不想聽了，你可不可以有點節制。」我阻止孫夕晨繼續往下講。

他呵呵傻笑兩聲，「抱歉，我順著回憶就講下去了。」

「好了，樹洞的營業時間到了。」我模仿機器人的音調說。

不知爲何，我很想到下面的沙灘走走，踏踏冰涼的海水。

孫夕晨跟著我一起走在沙灘上，我們踏的每一步，都留下大大小小的腳印，只是回頭望去，腳印很快就被海水沖刷掉，彷彿不曾存在過。

「Kenji桑只是不小心做錯了一個步驟。」

「咦？」我愣了下，才會意過來孫夕晨又把話題跳回味噌湯。

「日本人煮味噌湯是在關火之後才放入味噌，把味增在湯裡拌勻，再開火熱一下就好，不能煮到滾。他在煮味噌湯的時候，常常把火開著就去忙其他事，才導致味道出現差異。」

「原來是這樣……不過你是怎麼知道的？」

「我就厲害啊！」他眨眨眼睛。

「又在自戀。」

「妳要快點學會衝浪喔，我只會在這裡待到月底。」他說。

起風了，被月光覆蓋的海面不再平靜。

「那麼快？」

「嗯。」孫夕晨那張好看的臉綻放出一抹柔和的笑。

等到那個時候，他就能和女友相見了。

「好，我一定會在那之前……在你學會衝浪之前，搶先站在浪上給你看。」

「江雲絮，我等妳。」

孫夕晨總是喜歡喊我的全名，而我喜歡他喊我名字時的聲調，彷彿總是帶著淺淺的笑意。

經過我的提醒，Kenji桑這次專注地站在爐火前等待，時間一到就關火，他盛了幾碗味噌湯給我們。

京美迫不及待喝了一口，「好喝耶！這就是道地的日本味噌湯嗎？」

「嗯，好喝。」我也跟著喝了一口，這碗味噌湯香氣和甜味十足。

藍波爺爺輕啜一口，面無表情地放下湯匙，不發一語，只盯著Kenji桑看。

開賣了。」

Kenji桑也喝了一口，神色明顯放鬆下來，吐出一口長氣，「味噌湯，可以重新

「這樣啊，那就好。」藍波爺爺淡淡說道，他把湯喝得一滴不剩，離開之前丟下一句：「別再忘了。」

「嗯，絕對不會，謝謝你！」Kenji桑向藍波爺爺鄭重道過謝後，笑嘻嘻地問我和京美：「兩位，要不要吃點鬆餅當早餐？」

「要！太棒了，今天能早起遇到小絜真幸運。」京美臉上樂開了花，似乎一點小事就都能讓她開心起來。

不過，我並沒有天眞地以爲京美的心裡沒有煩惱，一個像她這樣年輕活潑的女孩，抛下城市繁華，隻身來到這座小小海島暫住，她一定也在逃避著什麼。

「小絜，小安她……眞的沒對誰認眞過嗎？」京美吞吞吐吐地問，手指還緊張地捲著頭髮。

「妳就那麼喜歡她？就算她那麼花心？」

她無奈地趴在桌上，「我當然知道她很花心啊……可是有什麼辦法，在我們相識的第一晚，她喝得酩酊大醉，錯把我當成了別人，居然直接把我按在牆上壁咚告白！所、所以我就……」

「她把妳誤認成別人胡亂告白，這樣妳也能心動？」我實在覺得很荒謬，原來愛

上一個人的原因可以如此千奇百怪。

「妳不懂……那個時候的她很真誠、很讓人心酸……我很想緊緊擁住她，告訴她：我也喜歡妳，別再露出這麼難過的表情了。」京美倏地笑出聲來，「隔天她酒醒之後超後悔的，哈哈。」

我抿抿唇，大概能猜到何安把她誤認成誰，京美應該也能猜到。儘管如此，她還可以笑著和我說起這些，難道她都不會難受嗎？就像我聽孫夕晨提起他女友時那樣，心裡很不是滋味。

「小安曾和某一任女友交往超過半年，那段期間她其實滿認真的。」

「後來呢？」

「後來小安發現，她女友最大的夢想就是和另一半組織家庭，那時同婚還沒通過，但就算通過了，小安一定還是會選擇分手，因爲小安完全誤解了對方的夢想，組織家庭不一定要生小孩，兩個人也能組織家庭。」

「妳怎麼知道她誤解了？」

Kenji桑替我們送上香噴噴的鬆餅，我在鬆餅上淋滿蜂蜜，鬆餅和蜂蜜甜甜的香味瞬間瀰漫在空氣裡。

「小安每次甩人都做得很狠，她說盡狠話，每一句都往對方的痛處戳，每次分手就是彼此最後一次見面，對那任女友也不例外。過了一個多月，那個女生請我轉交一張去往荷蘭的機票給小安，她認為兩個人在一起，有沒有小孩一點都不重要，不過小安沒有收下機票。」

「爲什麼是荷蘭？」

「妳不知道荷蘭是第一個通過同婚的國家嗎？」

京美往嘴裡塞了一大塊鬆餅，咬了幾下才說：「我不知道啊，我以前對同性戀又沒興趣。」

「所以妳是……遇到小安才……」

「嗯！喜歡上一個人，對方的性別好像沒那麼重要吧？」

「眞希望小安不要錯過妳才好，如果妳們能順利的話，或許這世上其他單戀的人，也能有點希望。」

京美敏銳地聽出我的弦外之音，「小絜，妳喜歡上那個人了？那個妳在海灘上遇見的神祕男人。」

我托著下巴，光是想起孫夕晨，就足以讓我嘴角上揚，「嗯，我滿喜歡他的。」

「不會吧……」京美不可思議地看著我，「小安說，妳不可能輕易喜歡上誰，就算喜歡上對方，也不會輕易承認。」

何安眞的很了解我。

但——

「我也不知道，我就是覺得，我不但喜歡那個人，還想把這份心意告訴他，就算他不能和我在一起，我也會繼續……」

匡啷。

或許是有些恍惚，我手上的叉子不小心掉在地上。

「可以介紹他給我認識嗎？」京美眼底閃過一絲狡黠。

「不行，誰不知道妳想去向小安邀功。」

「什麼嘛……被拆穿了！」

「我要去練習衝浪了，妳慢慢吃。」

「記得下海前要做暖身，繩子也要綁好喔！」在吧檯裡忙碌的Kenji桑不忘探出頭提醒我，「加油！」

帶著練習板去到海灘，藍波爺爺早就在海上隨波逐浪玩得不亦樂乎，他看起來一點也不像年過七十的老人。

待我做好熱身，他也從海上回來了。

「先練習划水吧，如果連划水的力氣都沒有，根本不用衝浪了。」

划水這件事看上去簡單，實際練習下來，划沒幾下手就痠了，然而一旦停止動作，就會因爲失去平衡而從板子上翻落。

「等等妳回民宿時，沿著白線走，從今以後只要馬路邊有白線，妳就踩在上面走。」藍波爺爺出了作業給我。

「是！」

「還有，小心不要划得太出去，看到浮球就要回來，每天來回練習至少兩個小時。」

「兩、兩個小時！」

藍波爺爺掃了我一眼，「如果連一個星期無法堅持，就不用再來找我了。」

「遵命！」我還能說什麼呢？

藍波爺爺留下我一個人，一遍又一遍重複著單調無趣的划水動作，不到一小時，我便感覺背部有點刺痛，這才想起自己沒在背上均勻擦抹防曬乳。

果然，一回民宿就被罵了。

「江雲絮，妳幹麼不叫我起來幫妳擦？」何安一邊碎念，一邊動作輕柔地幫趴在床上的我上藥。

「因爲……妳看起來很累。」

「我哪有。」

「妳每天晚上沒有酒精就不能入睡，我記得妳並不是個酒鬼，還是這五年讓妳改變了？」

她的手指頓了下，才又把藥膏往我背上抹，「這五年，確實讓我變了。」

我轉過頭，很久沒這樣近距離盯著她看了，五年的時間還是在何安臉上留下了一點痕跡，起碼五年前的她，眼下還沒掛著如此濃重的黑眼圈。

看著這樣的她，我無法就這個問題追問下去，又趴回去讓她繼續幫我擦藥。

「妳覺得京美怎麼樣？」我悶悶地說。

「什麼怎麼樣？」

「她單純熱情，開朗愛笑，而且她那張臉完全就是妳的菜，爲什麼妳反倒收手了？」

「小絜，妳知道嗎？這世上有幾種人千萬別去碰，那就是愛笑的人、從不生氣的人和心裡有傷的人。」

「這是什麼理論？愛笑或是脾氣好，不好嗎？」

「眞正的開朗，不是無時無刻都在笑，而是不管受了什麼傷，總能痛一下就不痛了。」

她替我把衣服拉好，我坐起身，定定地看著她。

「何小安，那妳是哪一種人？」

「我？心裡有傷吧？哈哈！」

「妳是從不生氣的人。」

「我怎麼會從不生氣？我剛剛不是還在唸妳嗎？」何安表情有點不自在，轉身背對著我，像是在掩飾什麼。

「無論是妳的那些前任故意做什麼事氣妳，還是我又搞砸了妳介紹的工作，妳都不生氣，只會說沒事，妳來處理。哪裡沒事？爲什麼要沒事？」

她猛地回頭，眼神充滿擔憂，「小絜，妳是不是喜歡上那個男人了？那個有女友的傢伙？」

「何小安，妳在說什麼啊？我又不是在和妳聊那個！」

「如果他不能和女朋友分手，妳還是別再去找他了。」

我眞的徹底無語了，所以她現在是爲了要逃避我剛剛的問題，才故意把話題轉到這裡嗎？

她眞的變了！

我有點生氣，不……是非常生氣。

去到餐廳工作後，一整天下來，除非必要，否則我完全不和何安四目相交，一下班就往海邊跑，一股氣悶在胸口，但其實說白了，我也不知道自己在氣什麼。

我在海灘上坐了好久，卻始終沒看見孫夕晨的身影。

「什麼嘛，還以爲他每天都會在……」我嘟囔道。

我百無聊賴地在沙子上畫畫，忽然一雙濕漉漉的腳踩進我的視線範圍，我下意識抬起頭。

「遠遠看妳畫得很認眞，還以爲妳是在畫什麼，原來是在畫火柴人啊。」孫夕晨的表情滿是戲謔。

「你懂什麼，這是藝術。」

「果然凡人是無法理解藝術家的。」他揶揄我。

注意到他連頭髮都是濕的，我問：「你也開始練習划水了？」

「對呀，我今天還划到外海區了，只可惜力氣用盡，沒辦法試著起乘。」

「我還以爲，你會一直站在沙灘上等浪呢。」

他挑挑眉，「幹麼一臉被人丟下的模樣，怎麼了？」

「沒事。」

「那好吧，我要繼續練習了。」他拿起浪板，走了幾步又轉頭，露出促狹的笑容，「騙妳的，誰叫妳們女生都那麼愛說自己沒事呢？」

「孫夕晨，我沒心情和你開玩笑。」

「妳有沒有試過漂在海上？」

「我不想。」

「來嘛，很舒服的。」

他拉著我走進海中，儘管我嘴巴上說不想，卻還是乖乖被他拉著走，因爲我不希望他鬆開拉著我的手。

「只要放鬆，身體就會自然地浮起來了，我會一直拉著妳，不用怕。」

「我們會不會漂到外海，然後就回不來了？」我想起藍波爺爺的警告，有點擔心。

「不會啦，沒想到妳意外地膽小。」

「我這叫實際。」

我們一直走到海水及腰處，我試著照孫夕晨說的去做，讓自己仰躺著漂浮在海上，成功之後，我看著天空中的晚霞，身體隨著浪花波動飄浮，那樣的感受比躺在草地上看天空要奇妙許多。

正當我想將這種心情與孫夕晨分享，卻發現他始終帶著笑容，站在旁邊看我，

「妳興奮的表情看起來好蠢。」

「你……」

我氣得立刻站起身用水潑他，他也不甘示弱地反擊，我們一路打打鬧鬧地返回岸邊。

「孫夕晨，和你在一起，我都變得幼稚了。」我抹掉眼睫上的水珠。

「幼稚不好嗎？想哭就哭、想笑就笑，這是大人無法擁有的。」

「嗯，是啊。」其實我就連小時候都沒能這般隨心所欲過。

「我和她某種程度上很相像，雖然她說我們的家庭背景相差太遠，而且還老是說我拯救了她，但她不知道，被拯救的人一直是我。」沒來由地，孫夕晨再次說起了他和他的女孩。「要聽嗎？還是妳想先說說妳怎麼了？」

天色逐漸變暗，我在沙灘上躺了下來，「你說，我聽。」

孫夕晨的父母之所以會結婚，是出於企業聯姻考量，生下他之後，父母便各過各的，連話都不多說一句。他很少有機會和父母一起出門，就算有，也不可能是兩人同時出現，永遠只有其中一個。

生長在這樣的家庭，他從小就學會說場面話，學會隱藏眞心，學會誰都不信。他長得好看，口才也好，且具備幽默感，出入任何場合，他都能輕易得到別人的喜歡。

「很空虛啊，他們喜歡的不是眞正的我，而是我營造出來的樣子，以及我的家世背景。」孫夕晨自我調侃，「我爸從我二十四歲就開始替我選老婆了，那些女生條件都很好，不是高學歷，就是家裡跟我們家門當戶對。」

「那你現在是幾歲？」

「我？二十八。」

「天啊，居然比我小兩歲。」

「幹麼那個臉？」他呵呵一笑，「不就小兩歲嘛，還是妳希望我叫妳姊姊？」

「你要不要繼續說？」

父親介紹的那些女生永遠不會任性待他，也不會對他發脾氣，應對進退優雅得體，就像是一尊尊美麗卻沒有靈魂的人偶。

相較之下，孫夕晨還覺得在夜店認識的女生真誠多了，至少她們會直接向他提出索求，清楚明白地各取所需。

直到認識了女孩，那個讓他看不懂、猜不透的她。

他們的初次相遇並不愉快，應該說根本就是變成仇人的開端。

起因在於他在雨天開車駛過馬路，把路邊的她濺了一身濕，當然開車的人是不會知道自己犯下的錯，他一路開到兩個紅綠燈以外的超商停下，想要買杯咖啡，就在他買完咖啡出來時，她不知道從哪生來一個水桶，直接把半桶水往他身上潑。

「幹麼啊！瘋女人！」

雖然他被潑了半桶水，上半身的衣服都濕了，但起碼水桶裡的水是乾淨的，對比女孩白襯衫上的泥水痕跡，看上去還是好太多了。

「你開車濺了我一身，我只是以牙還牙。」

「妳……」他很想回罵，只是情勢已然逆轉，旁邊的路人也覺得是他有錯在先。

「我這人滿大方的，送洗費就不收了，不過你得向我道歉。」

「妳都拿水潑我了，我還需要向妳道歉？」他啼笑皆非。

「你不肯道歉是不是？好。」女孩笑吟吟地點點頭，接著走到隔壁機車行，拿起另一桶早就準備好的水，不等他反應，她又送了他一身濕。「這半桶，就當是你的道歉了。」

「哇靠……妳是瘋子啊。」這是他人生中第一次遇到這麼瘋狂的人，良好的教養讓他按捺住心裡的怒氣，沒與對方繼續糾纏。

他接下來還得去合作公司洽談業務，來不及回家換衣服，只好套上放在車上的西裝外套，盡量讓自己看起來不至於太狼狽。

沒想到，他又和那個不肯吃虧的女孩見面了。

「搞什麼啊！爲什麼資料都濕成這樣？」合作公司的經理，忿忿地指著負責這件案子的業務罵。

「經理對不起，但我想孫經理應該不會介意，因爲這是他……」女孩就是那名挨罵的業務，她回話的時候，瞥了他一眼。

「咳咳！沒錯，資料濕了還是能看，我們趕快開始吧，時間緊湊。」他瞪向一臉厭世的女孩，忍著想要咒罵對方的衝動，只求公事公辦，別再橫生枝節。

然而會議順利結束後，他忍不住叫住抱起資料準備走出會議室的她。

「喂。」

「有何貴幹？」女孩姿態高傲。

「妳……妳……」

「沒別的事的話，我很忙。」

「等等！晚上一起吃個飯，我向妳賠罪。」

女孩露出一個虛假的笑容，酸溜溜地說：「很抱歉，就算孫經理您有M傾向，但我可沒有S傾向。」

他被她氣著氣著，居然笑了。

「你是怒極反笑，還是有別的原因？」我舉手發問。

「我是被她的反應逗笑。」

「哪裡好笑了？她的反應很正常啊。」我不解。

「妳該不會也覺得她拿水潑我的行爲很……正常？」

「當然！我最恨馬路上那些開車路過水坑卻不減速的傢伙了，他們應該都被潑一次感同身受才對。」

孫夕晨拍拍手，「厲害了，原來怪人眞的很多。」

「你快點繼續往下說。」我催促他。

「既然你要請吃飯向我賠罪，那麼去哪裡吃、怎麼吃都該由我決定吧？」女孩挑眉問。

「呃，可以。」

「晚上七點，公司對面那家居酒屋見。」女孩露出不懷好意的笑。

他心想，女孩大概只是想大點特點，讓他破財罷了，這倒是無所謂。

然而女孩的用意遠非他所能料。

「是你說要向我賠罪的，所以不管我吃什麼、吃多少，你都得跟著吃下去。」

「這是什麼懲罰遊戲嗎？」他傻眼了。

女孩笑了開來，那是他第一次看她笑，也是他第一次發現原來有人笑起來那麼好看。

「這當然是懲罰啦，我的食量是很可怕的。」

他們的緣分就是從這天開始的。

女孩相當地被動，永遠是他找她，但無論何時找她，她都有空。

有天他心情莫名鬱悶，因爲他爸又換了一個新的祕書給他，還明言要他好好和對方交往。

他找女孩去山上看夜景，女孩喝啤酒喝得很開心，完全不顧他這個心情不好還得開車的人的感受。

「妳這樣算是陪我散心嗎？不如說是我陪妳看夜景還差不多。」

「當然算啦，不喝點酒，我今晚怎麼熬到天亮？」

「我又沒要妳出來這麼久。」

「回去我還得加班趕工，事情做完大概就快天亮了。」

「那妳還說妳有空。」

她放下酒瓶，轉頭認眞地注視著他，「你任何時候需要人陪，我都有空。心情不好的時候一個人獨處，太寂寞了。」

「……我怎麼可能會寂寞，有很多人可以陪我。」

「但只有找我陪你，你才最不會有壓力。我和你沒有利益關係，我也不是你爸強迫你要去認識、交往的對象，我只是個離你有點遠，又不太遠的路人。」

「路人……嗎？」

「是啊。」

「妳對一個路人這麼好？」

「曾經我也很希望能有個路人陪我度過寂寞，我只是在彌補自己的遺憾罷了。」

「那妳下次寂寞的時候，也找我吧。」

「不……我已經不會再這樣了。」

「爲什麼？」

「當一個人認清自己注定是孤獨的，就不會再有期待，也就不會寂寞了。」

他永遠記得她說那句話時，表情有多感傷，也永遠記得，在他不想說話的時候，她用歌聲陪伴他。

是她的出現，讓他不孤單。

咕嚕咕嚕……

我的肚子在不合時宜的情況下發出聲音。

「妳……」

「對不起，我知道你說得正精彩。」我立刻向孫夕晨道歉。

「白痴嗎？既然肚子餓了，就快去吃飯。」

「可是……」我並不想回民宿，不想看見何安。

他看了看手錶，「我帶妳去一間麵攤，要嗎？」

「好哇！」

「不過妳要自己付錢喔。」

「你對錢的執著眞的……讓我嘆爲觀止耶。」

「妳難道不知道愈有錢的人愈小氣嗎？」

「隨便啦，反正我也沒打算讓你請。」

我踩著孫夕晨踩在沙灘上的腳印前進，卻沒辦法將它們統統覆蓋，就像我永遠也覆蓋不了孫夕晨和他的女孩的每一段難忘回憶一樣。

今晚有些悶熱，過去我最討厭夏天，來到蘭嶼之後，我對夏天的厭惡似乎沒那麼深了。

只是當我拿著餐巾紙擦拭額上黏膩的汗滴，再低頭看向眼前那碗冒著熱氣的湯麵，我又改變了想法。

「我還是好討厭夏天啊。」

「喂……妳有必要對著湯麵這樣說嗎？湯麵是無辜的。」孫夕晨嘖嘖兩聲。

這間麵攤開在公路轉彎處的舊屋前，老闆是個胖胖的中年大嬸，她一煮完麵又跑去坐在對面的涼台上喝酒了。

「蘭嶼的涼台好多，隔沒多遠就能看到一座。」我有些感慨。

他笑了笑，「妳一定在想這裡的人是有多喜歡在涼台上休息乘涼吧？」

「難道不是？」我正想吃麵，又覺得一個人吃怪尷尬的，於是問孫夕晨：「你真的不吃？」

「我在傍晚出門衝浪前就吃過晚餐了，不然要餓著肚子練習啊？」

「你倒是聰明，這樣要我自己付錢就更冠冕堂皇了！哼，小氣鬼！」

「回到剛剛涼台的話題，妳如果那麼隨便看待涼台的話，對本地人不太尊重。」

「有這麼嚴重嗎？」我不敢置信地看看大嬸。

「建造涼台的本意是爲了提供一個方便族人交流，以及與家人聊天的休憩場所，才會建在家家戶戶門前，遊客可不能隨便進去；只有建在海邊或遠離房屋的那種涼台，才屬於公共設施，誰都可以使用。」

孫夕晨講得口沫橫飛，我則沉迷在這碗湯麵的魅力裡完全沒在聽。麵條硬度適中，湯底還帶有濃濃的雞湯味，看不出這樣一碗樸素的清湯麵居然這麼好吃！

「妳到底有沒有在聽我說？」

「有有有！」

「剛剛不是還嫌吃湯麵很熱？」

我沒空和孫夕晨廢話，一碗麵快吃完時，便趕緊朝對面大喊：「老闆娘！我還要一碗！」

老闆娘搖搖晃晃走回麵攤煮麵，端給我的第二碗麵裡多了顆滷蛋。

「嗯？這顆蛋是？」

老闆娘不知道是不愛說話，還是懶得回話，她指手指向麵攤招牌上的一行小字：續碗送滷蛋。

「續碗還送滷蛋，那肯定每個人都會續啊！」我怪叫道。

孫夕晨搖頭一笑，「妳以爲人人都像妳一樣會吃啊！」

「拜託，我又不是每餐都這樣，只有好吃的食物，才能激發我的食欲。」

一下子吃完兩碗熱湯麵，我熱得滿頭大汗，很想衝進海裡，讓身體感覺涼快些。

「妳去過東邊了嗎？」孫夕晨忽然問。

「沒有，我怕迷路。」

「去牽車吧，我報路給妳。」

「光是走回去牽車就要半小時耶，還要再騎去東邊？」

「路上妳剛好可以跟我說說，妳今天在氣什麼？」

「我……我……」我額上的汗水又滴下來了，今晚果然很熱呀。

走回去牽車的路上，我發現走在前面的孫夕晨和我一樣，都踩著白線走。

「你該不會也是平衡感不好，所以用這種方式練習吧？」

「我又不是妳，我只是覺得踩著線走，好像就能沿著這條白線，走進她的心裡。」

「噁心，你可以不要一直在我面前放閃嗎？」

他回頭輕笑，「聽了會難過？」

「對！很難過！很想趕快去交個男朋友，然後也在你面前放閃。」

「妳眞的會這麼做嗎？」孫夕晨的語氣有點討厭，表情也很討厭。

「你認爲我交不到男朋友？」

「如果妳是因爲這種理由才去和誰交往，對方有點可憐。」

「啊……也是。」我踢開地上的小石子，「我好像沒有愛人的能力，我一直不知道愛是什麼，爲什麼大家能爲愛不顧一切、爲愛犧牲奉獻？我眞的不懂。」

我不懂的事還有很多。

包括何安一直待在我身邊，到底是因爲喜歡我，所以才執著地等待我會不會哪天改變心意？還是她對我的喜歡已經昇華成另一種情感，將我視爲家人，而所謂的「家人」，就該這樣不離不棄？

我小時候是由奶奶撫養長大，不過我們祖孫倆一點都不親密，她始終待我很冷漠。比如儘管她會煮飯給我吃，但若我只顧著玩，錯過飯點時間，她吃飽之後就會把桌上的菜全部撤掉，任憑我餓肚子。

國小三年級那年，我在母親節前夕用陶土做了一個蛋糕送給奶奶。

奶奶語氣冰冷地對我說，她不是我媽，轉身就把陶土蛋糕扔進垃圾桶。從那天起，我再也沒有想過要試著和奶奶變親暱。

「愛情這件事和學習衝浪有點像。」孫夕晨停下腳步，看向旁邊的海，「今天我趴在浪板一直划、一直划，想著只要能努力划遠一點，或許就能成功追浪甚至起乘了，結果我全身的力氣都在划水時耗盡了，最後只能筋疲力竭地看著別人站在浪上。」

「就像現在的我一樣，在看著別人相愛……」我低喃。

「有的人在愛情裡也是那樣，以爲只要愛得很努力，就能得到愛，最後卻什麼都沒能得到。」

「所以呢？要怎樣才能站在浪上？」我又問。

「要習慣海浪，等到全身的細胞都記住海浪的姿態，就能起乘了。」

「所以她也是這樣嗎？始終陪在你的身邊，讓你習慣她的存在，漸漸就愛上她了？」

「不是這樣的，我們是一起習慣彼此的存在的，等到一回過神，我們早就愛上對方了。」孫夕晨說完，仰頭望向夜空，讚嘆道：「蘭嶼的夜空眞的很美。」

我一點都不在乎夜空美不美，我眼中只有他，因爲愛著女孩而閃耀著光芒的他。眞好啊。

「孫夕晨。」

「嗯？」

「眞想早點認識你。」

他微微一愣，看向我的目光隨即浮現了然，似乎已經看穿我心中所想。

「那樣……我就會明白，原來這麼小氣的男人也有人愛啊，哈哈。」我以玩笑話帶過，用盡全力發出笑聲，儘管我心中酸澀得想要流淚。

「妳就那麼在意我小氣啊？眞是……行了，等我賣一票大的，再請妳吃麵。」

「賣一票大的才請我吃麵？孫夕晨，你這個吝嗇鬼。」我忍不住罵他。

笑鬧之間，我們一前一後奔跑了起來，直到快跑回停車的地方，我驀地停步，愣愣地目視前方，何安背對著我坐在我的車上。

「看來妳朋友在等妳了，我先回去了。」孫夕晨說。

「等等，不是說好要帶我去東邊嗎？」

「還有那麼多時間，又不急。」他好笑地揉揉我的頭髮，「趕快去和朋友和好吧，朋友可是比戀人更重要喔。」

「呿，你這個滿嘴女朋友經的傢伙，沒資格說我。」

我目送手長腳長的孫夕晨一下子走遠，才緩步走向何安，她完全沒發現我。

「咳，妳在這幹麼？」

一聽到我的聲音，何安馬上從機車上跳下來，惡狠狠地瞪著我。

「江雲絮，現在都幾點了？」

「嗯……快八點？有很晚嗎？」

「妳連晚餐都沒回來吃，妳知道丹姊和莫哥有多擔心嗎？要是妳九點還沒回來，他們就要請朋友幫忙一起去外面找妳！」

「等等我會去向他們道歉。」我推開她，坐上去發動機車。

「妳沒有什麼要對我說嗎？」何安將我的機車熄火，並拔走鑰匙。

「要說什麼？對不起，害妳的朋友擔心，害妳難做人了？然後妳又要說，沒事，妳會去處理？那妳去處理啊，妳不是最擅長處理了嗎？」

我覺得自己好幼稚，都三十歲了，說出這些話的我很幼稚，為了莫名其妙的點和何安生氣好幼稚，我、我甚至不知道為什麼……自己要說出這些傷人的話。

一如既往，何安儘管臉色難看，卻還是沒有對我發火。

她把機車鑰匙還給我，頹喪地轉身離去。

「何小安！妳生氣啊！為什麼都不對我生氣？為什麼你們每個人都要這樣！」

她被我的怒吼嚇到，轉頭愣愣地看著我。

我感覺到臉上有股熱流滑過，發現自己居然哭了，我很多年不曾哭過了，因為哭沒有用，不會有人同情我，事情也不會解決，因為……我曾經告訴何安，以後我們都不會再為了任何事而哭。

我想起那個夏夜，那個高三的夏夜。

何安在打工的店裡被男同事霸凌，我那天本來要去等她下班，卻看到她在後門被三個男生毆打。

我氣得隨手拿起路邊的空酒瓶朝那些人砸去！

那時才快晚上九點，路上來往的人很多，然而沒有人對我們伸出援手，路人臉上那冷漠的表情像是在說：同性戀活該被找麻煩。

連餐廳的老闆都袖手旁觀，後來是恰巧有巡邏警車經過，那些人才嚇得落荒而逃。

我們兩個邊哭邊走回家。

「何小安，我們明天就去練跆拳道！」我忿忿地說。

「沒用的，反正大家就是覺得同性戀噁心。」何安哭的方式和我不一樣，她的眼淚無聲地滴落，眼神空洞，像是已經對這個世界感到絕望。

「妳不噁心！妳只是喜歡女生而已，又不是去殺人放火！妳沒有罪！」

「妳幹麼比我還激動啊。」何安白了我一眼。

「……比起妳，我連喜歡是什麼都不知道，所以我很羨慕妳。」

「羨慕我？妳在開玩笑吧。」

「我沒在開玩笑。何小安，永遠不要再為了妳的性向而掉淚，喜歡一個人並沒有錯，我們要堅強起來，不能再被人欺負、不能再哭。」

「一直保持堅強，會累的。」

「累了，我們就靠在彼此的肩上，想想明天要吃什麼，就不累了。」我嚷嚷道。

何安聽完，看了我好半晌，終於笑了。

過往回憶不斷在我腦中翻湧，那時的我，很理解何安的心裡在想些什麼，如今我卻看不懂她了。

我低頭抹掉頰邊的眼淚。

看見我的眼淚，何安很慌張，迅速走回來，「我不想讓妳難過，所以才……」

「妳這樣我更難過啊……妳不是我的家人嗎？妳知道其他人有多常和家人耍任性、多常和家人吵架嗎？就因爲是最親近的人，才會在對方面前展露自己最眞實的模樣，也才會把所有的情緒在對方面前宣洩出來。何小安，妳怎麼就是不懂呢？」

何安本來忙著在口袋翻找衛生紙，聞言忽然抬頭看我，眼中滿是驚恐，「江雲絮，妳剛剛說什麼？」

「我說……我懶得重複，衛生紙給我啦。」我吸了吸鼻涕，不解她爲何露出這種表情。

「妳不是不明白什麼是愛嗎？妳向來不喜歡與人太親暱，一旦與人距離過近，妳會不知所措、妳會想逃，這才是妳啊。」

我擤擤鼻涕，「對耶，五年前的我好像是這樣沒錯。可能是昏迷太久，我變了。」

「變了啊……」

「變了不好嗎？」

何安搖搖頭，溫柔地笑了，「不，很好。那我以後都可以對妳生氣囉？」

「嗯！」我用力點頭。

她的笑容頓時變得有點陰森，她用力扳動手指，指關節發出喀喀聲響。

「江雲絮！妳最好是他媽的像個智障一樣不和大家報備就亂跑！妳那麼想成爲失蹤人口是嗎？妳以爲妳長得很安全就沒事？妳能不能以後晚回家要事先說？嗯？」

她一口氣罵了我一大串，我除了被她噴了滿臉口水，耳朵也有點耳鳴，內心卻覺得很溫暖，像個被虐狂一樣，被罵還會想笑。

「好，我知道錯了。」我溫順地認錯。

何安清了清吼啞的嗓子，跳上機車，「走吧，回去了。」

「小安，跟妳說，我今天晚上去了一間超好吃的麵店，改天帶妳去。」

「不管經過多少年，妳唯一不變的就是愛吃美食了。」

「當然啊，之前昏迷那麼久，不知道錯過多少好吃的，嘖嘖，回去一定要好好補回來。」

我明明醒過來四個多月了，卻直到最近才又對人生燃起興致，蘭嶼眞是個奇妙的地方。

應該是蘭嶼把我治好的。

絕對和孫夕晨半點關係都沒有。

下雨了。

早上起床，窗外傳來淅瀝瀝的雨聲，有點遺憾聽不到海浪的聲音。

走到樓下，京美已經烤好三人份的吐司，我睡眼惺忪地在餐桌旁邊坐下。

「看來今天要休息了。」京美把一片吐司遞給我。

「怎麼說？」

「這場雨今天大概都不會停，有颱風，而且還從菲律賓那邊上來。」

「難怪昨晚悶得跟什麼一樣。」

像是要印證京美的話似的，外頭的風雨更大了。

何安鬆了口氣，「至少這兩天我們都可以休息了。」

莫哥的餐廳都是露天座位，一旦下雨就沒辦法營業。

「對呀，連續操了好幾天，快累死了……今天我要來好好寫明信片。」京美根本就像餐廳的半個員工了，但她仍堅持不拿薪資。

果不其然，丹姊打了電話過來，說今天的伙食我們可能得要自己煮，莫哥不希望她在這種天氣出門。

「太好了，小安，妳今天都得吃我的愛心料理囉。」京美開心地笑著，何安卻依舊反應冷淡。

看來這兩天孫夕晨不會出現了，畢竟颱風天的海邊很危險。

「怎麼了？妳幹麼苦著一張臉？妳不是討厭大太陽、喜歡下雨天嗎？」何安伸了個懶腰。

「小安，妳怎麼那麼笨，當然是因爲這樣就見不到她的黃昏男孩啊。」京美俏皮地眨眨眼睛。

「黃昏男孩是什麼鬼，妳不要幫我的朋友亂取綽號。」我連忙說。

「還『我的』朋友咧，他已經變成妳的囉？」

「京美。」

何安只是輕喚她的名字，她馬上就收斂，乖乖做了個把自己嘴巴縫起來的動作。

「我只是擔心這兩天沒辦法練習，一個星期以後，我不能通過藍波爺爺的驗收。」

「他讓妳練划水，應該是希望鍛鍊妳的臂力，妳這兩天都在家做伏地挺身就好了。」何安說完，還用一種看笨蛋的眼神看我，眞是夠了。

「知道啦。」我悶聲答道。

「不要啦，做伏地挺身好無聊，我們來玩成人版大富翁吧。」京美提議。

「成人版大富翁是什麼?」我茫然地看著她。

京美從抽屜取出一盒很復古的大富翁桌遊，開始說明她自訂的規則。

「走到機會就喝一杯酒，走到命運就要說出眞心話，走到休息區、遊樂園，就喝酒、說眞心話二選一，最後最輸的那個人……就要選一天去裸泳!」

「裸、裸泳?」我大驚失色，暗想這京美的鬼主意還眞多。

「有什麼關係，我們都是女生，妳們有的，我也都有。」

問題不是那個吧!誰敢裸泳啊!

何安被勾起興致，笑了笑，「眞的很成人，好，我要玩。」

玩沒幾分鐘，我們便完全無視外頭的風雨，全都殺氣騰騰地盯著桌上的遊戲紙。

「機會!喝酒!」何安冷酷地說。

「又是機會，喝!」京美很嗨。

遊戲第一圈我就喝了三杯啤酒，她們兩人則是拚命地買地。

到了第二圈，換京美喝酒了，她和我在上一圈一樣，接連去到了地圖上的三處機會格，截至目前爲止，沒人去到命運格。

正當我這麼想的時候，我就中獎了。

「我來問、我來問，小絮，妳喜歡黃昏男孩哪裡?」京美搶先發話。

「咳咳咳!一來就這麼猛啊……我、我喜歡……喜歡他那麼喜歡他的女朋友。」

「這什麼鬼答案啊！很爛耶，對吧？小安。」京美不滿地徵詢何安的意見。

何安看了我一眼，逕自倒了一杯酒，「那就代表，妳是眞的很喜歡他。」

遊戲繼續下去，我其實很怕何安走到命運格，怕京美會白目地戳破某些事。

結果，走到命運格的人是京美。

我還在想著要問她什麼問題時，何安就先出聲了，「爲什麼逃來這裡？」

京美臉上的笑容在一瞬間凝結，屋裡安靜下來，窗外的風雨聲在這一刻變得格外清晰。

「因爲……」

「如果妳打算說謊，就喝酒吧。」何安的言詞犀利不留情面，她很少會這樣。

京美起身打開冰箱，拿出一罐啤酒，一口氣咕嚕咕嚕地喝個精光。

「中午前就喝這麼多酒，我們還眞是墮落。」她笑了笑，又拿了一罐。「我想逃離的，是網路。這裡網路收訊不好，電子產品沒有用武之地，這樣不是很好嗎？沒有網路，人也能活得很快樂、很充實。」

京美答完之後，命運之神像是在捉弄她似的，她馬上又再次走到命運格。

「爲什麼要逃離網路？」何安又問。

「因爲……上面有很多說我不好的評論，我不想看，我害怕看到。」

京美說，她原本是一名美妝YouTuber，有時也會穿插一些服飾穿搭主題，但這一類的競爭對手實在太多，她的頻道人氣始終不上不下，甚至還有下跌的趨勢。

「名利這種東西很可怕，會讓人著魔，每天只想著，要怎麼做點閱率才會高，才會有更多人關注我。」京美黯然道。

對於追求人氣的執念過於強大，她走上了抄襲這條路，一開始她抄襲歐美的頻道內容，因風格不符合國人喜好，成效不彰，後來她改抄襲某個韓國美妝頻道主，那支影片一發表就火了，隔天馬上被各大媒體轉發，讓她一口氣收穫了六、七萬訂閱。

「那種輕飄飄的感覺像吸毒一樣，我停不下來，也沒辦法停下。」

爲了滿足網友的期待與自己的虛榮，京美陸續抄襲拍攝了十幾支影片，而網友也不是吃素的，很快她就被扒出抄襲實證。

「我成了人人喊打的過街老鼠，每個人都可以罵我幾句，就算我誠心誠意道歉也沒用……」京美苦笑，隨手將手裡捏著的骰子扔出去。

「妳輸了。」何安忽然說道。

「嗯？」

「妳剛剛又丟了一次骰子，走到我的地，這一整排地都是我的，妳該繳納的過路費超過妳現有的財產了。」何安說完，狀似漫不在意地對她眨了眨眼，「京美，妳要裸泳了。」

京美簡直目瞪口呆，「我、我……人家剛剛在講那麼悲傷的事耶！」

「我知道，我有在聽。」

「那、那妳還……」

「所以等雨停了，我們就去海邊吧，小絮不用去。」何安指了指京美，又指了指自己，「輸家妳去裸泳，贏家我去見證。」

「謝謝喔，我也不想去當電燈泡。」我笑著插話。

何安也笑了，伸手揉了下京美的頭髮，「輸了就輸了，妳隨時都能來報仇，我等著妳。」

「妳們不鄙視我嗎？不覺得我抄襲很可恥嗎？」京美怯怯地問。

「妳向對方道過歉了嗎？」何安問。

「有，我道歉了，也把影片都刪了，還把那些影片的收入統統捐給兒童基金會，收據也有給對方看。」

「對方原諒妳了嗎？」

「她只說不會再追究。」京美垂頭喪氣道。

「那麼，妳現在需要做的，是原諒妳自己。」何安輕聲說。

京美幾乎是在聽到的那一瞬間就紅了眼眶，她迅速起身跑進廁所，何安嘆了口氣，喝下一大口酒。

何安應該很早就看出表面上樂觀愛笑的京美，其實心裡藏著傷痛，她正想說些什麼，京美卻突然又從廁所衝出來。

她胸口上下起伏，似乎很緊張，逕自灌了半罐啤酒才大聲說：「何安！妳能陪我一起喜歡上我自己嗎？」

京美話裡有著兩層意思，我相信何安能懂。

見何安不說話，京美又道：「然後，我也會陪妳喜歡上妳自己。」

這句話讓何安的眼底悄悄有了變化，兩人陷入沉默，我識相地抱起幾罐啤酒溜回房間，留她們兩個在客廳。

我想，京美似乎徹底陷進喜歡一個人的執著裡。

而我們每個人都有著自己的一份執著。

我獨自沉浸在微醺的午後，時間眨眼就過，何安還窩在京美的房間，我沒去打擾她們，選擇套上雨衣，打算去涼台看看。

結果才一出門，我就後悔了。

外頭的風雖然沒那麼大了，雨打在臉上還是很痛。

花了平常兩倍的時間步行至涼台，儘管涼台有屋頂，雨還是從四面八方隨著風撲進來，遠遠望去，海上的浪大到恐怖。

「哇！這浪算不算瘋狗浪啊？」

聽見話聲，我猛然轉頭，看見孫夕晨和我一樣狼狽，全身溼淋淋的，身上的雨衣有穿跟沒穿一樣。

「你、你怎麼在這？」我又驚又喜。

「每逢黃昏，我就會去外面走一走——這樣說，妳信嗎？」

「不信。」

他大笑出聲，雨水噴到他的嘴裡，差點嗆著，我忍不住也跟著笑了。

待笑聲停歇，他才說：「我怕妳會出來等我。」

「我幹麼等你？」

「因爲妳太喜歡……聽我說故事了。」他定定地看著我，眼眸帶有水光，他那張臉還是那樣好看。

他差一點……就要拆穿我藏在心裡呼之欲出的祕密了。

「嗯，太喜歡了。」我裝模作樣地點點頭。

我希望他繼續假裝不知道這個祕密，反正他月底就要離開了，我們會變回陌生人，我的這份心意，終究會隨著時間沖刷，遺失在記憶的海裡。

一百……一百零一……一百零二。

我趴在練習板上浮浮沉沉，刺眼的陽光讓我幾乎以爲幾天前的狂風暴雨是一場夢。陽光把海水曬得溫溫熱熱的，在蘭嶼待一個月，回去我可能得花幾年的時間才能白回來。

明明這麼努力地划水了，我離淺灘的距離看起來才幾公尺，不斷地被浪打回淺灘又繼續划，划到雙臂都痠疼僵硬，仍不願停下。

最後，我耗盡了力氣，被陣陣浪潮推回岸邊，整個人癱在沙灘上。

「妳還不夠執著啊。」藍波爺爺從旁邊經過，冷哼一聲。

接著他迅速趴在浪板上划出去，穿越一波又一波海浪，每次浪打過來時，他的身體和浪板貼合在一起穿越浪潮，宛若飛魚躍出水面。

「每次看都覺得很佩服，藍波爺爺年紀那麼大了，還能把長板用得那麼好。」

Kenji桑今日難得一身泳裝，手上也拿著衝浪板。

「長板……喔，對耶，他今天用的板子比較長。」我這時才注意到。

「我還是喜歡短板。」Kenji桑的短板上畫著可愛的鯨魚圖樣，不太像是中年男人會用的。

「爲什麼？」

「我喜歡每次越過浪潮、躍出海面之前，沉入海面的那幾秒，那時我的心很靜。」

我還沒學到那個環節，不懂那是什麼樣的感覺，然而我注意到Kenji桑說話時眼角深刻的紋路。他爲什麼喜歡心靜下來的那幾秒？其他時候他的心不能平靜嗎？心不能平靜是因爲他始終思念著那個人嗎？

莫哥的餐廳休息了幾天，恢復營業後生意不如早前，大概是颱風來襲，許多旅客取消預定行程的緣故。下午郵差送來了幾封信，其中一張是明信片，是瓶中信的主人寄來的，上面寫著：

謝謝那個撿到瓶中信的人，謝謝你帶來的好消息。前陣子正好來到人生的岔路口，正在猶豫不決時，因爲你寄過來的明信片，讓我知道即使再平凡的人，也能得到一點小小的奇蹟，我會帶著這份奇蹟，繼續在這枯燥的人生裡努力。

京美今天難得沒來餐廳幫忙，我們輪流看完瓶中信主人回覆的明信片，情緒都很興奮。

「反正今天生意不怎麼樣，妳們就提早下班吧。」莫哥對何安眨眨眼，暗示她趕緊去找京美。

可以提早兩小時下班，我求之不得，想著要回房間吹冷氣。

還沒走進民宿，我和何安遠遠就注意到，京美習慣停在門前的摩托車不見蹤影，她不知道跑去哪了。

正要進屋，京美就和一名達悟族男孩有說有笑地各騎著一台摩托車回來。

「小安、小絜！妳們今天提早下班啊？我正想去找妳們呢。跟妳們介紹，這位是我新認識的朋友古馬洛，他人可好了，跟我說了好多我們還沒去過的景點呢！而且還送了我們好幾條飛魚乾，晚上我烤一夜干給妳們吃！」京美興高采烈地說了一大串，沒發現何安臉上的笑有多僵硬。

看上去約二十多歲的古馬洛，臉部線條剛硬，性格卻很溫和，他不好意思地擺擺手，「哎唷，這沒什麼啦，我也希望大家來這裡，每個美麗的風景都看過，我們蘭嶼真的很美喔！」

「古馬洛，晚上要不要來我們民宿吃飯？畢竟你提供了食材嘛。」

古馬洛趕忙婉拒，「只是幾條魚乾而已，不用那麼客氣啦！晚餐我習慣和家人吃，下次再一起去玩。」

「好！拜拜！」京美熱情地向古馬洛道別，這時何安老早就進到屋裡了。

「京美，瓶中信的主人回信了，明信片在小安那裡。」我對京美說。

「眞的假的！我要看！」

相較於因爲吃醋而擺臭臉的何安，毫無所覺的京美心情很好，我這個旁觀者在一旁看戲看得很樂。

京美轉動門把，想要趕快進屋看明信片，何安卻從裡面把門鎖住了，無論京美怎麼敲門，她就是不爲所動。

「小安，快開門啊，妳幹麼鎖門？」京美滿臉不解。

「對啊，小安，我要睡午覺，開門啊。」我暗自竊笑。

不一會兒，何安面無表情地打開門，逕自走了出去，完全沒看我和京美一眼。

京美眼底閃過一絲受傷，明明之前她也常被何安無視，她都一副沒心沒肺無所謂的樣子，爲什麼這次她會露出這種表情……

「京美，去追啊。」我鼓勵她。

「不要，她一定是因爲知道我是什麼樣的人，討厭我了。」

並不是這樣。

我很想幫忙解釋，又怕愈描愈黑。

回到房間，我躺在床上想著，反正戀愛達人如何安，最後一定能解決的，我一點也不擔心她們之間的發展，只是有點難過暫時無法嗑糖而已。

「妳怎麼會把自己好友的戀情，當成偶像劇在看呢？」

傍晚，我邊吃麵邊把這件事說給孫夕晨聽，他回了我這句話。

在黃昏時見面，彷彿已經成了我們不曾言說的約定，我喜歡每次去到海灘，都能看見他坐在那兒等我的背影。

「不是我要說，何安初次見面就對京美壁咚，然後一下子像江直樹那樣對湘琴愛理不理，一下子又像霸道總裁一樣忽然心疼起小助理，有時候我都快被她們的曖昧互動閃瞎了。」

「哈哈哈，喂……妳舉的例子好老派！不過真的很傳神耶。」孫夕晨樂得捧腹大笑。

我喜歡看他笑，喜歡那雙眼睛笑起來的時候，像星星在閃耀。

「幹麼忽然那樣看我？」

「沒事，就覺得你笑起來有點智障。」

「我發現和妳愈熟，妳對我就愈不客氣。」孫夕晨笑嘻嘻道，「不過我是以德報怨的類型，吃飽了嗎？我們去東岸吧。」

「好！」

把麵錢給老闆娘後，我三兩步跳上停在路邊的摩托車，跟著坐上後座的孫夕晨，雙手依然緊抓著後方的把手，我不敢告訴他，他其實可以抱著我。

腦海浮現這種想法的我，真的很糟糕。

不同於颱風來臨之前，今晚的海風又涼又舒服，拜遊客不多之賜，車子也很少，奔馳在公路上很心曠神怡。

「你是不是不會騎車啊？」我問。

孫夕晨久久沒有回答。

我不由得爆笑出聲，「猜中了！」

「但我會開車。」他有些不服氣，「別廢話了，前面那邊順著轉彎就可以停了。」

這是我第一次來到蘭嶼東邊的海岸，雖然天色已黑，但憑藉著車燈，還是能看見岸邊有許多拼板舟，我並沒有走近探看的念頭，自上次目睹藍波爺爺如此憤怒之後，我想盡可能對他們的文化保持尊重。

「以前達悟族的男人需要完成兩件大事，才算得上是一家之主。」

「我知道！其中一件是建造拼板舟吧？那另一件是什麼？」

孫夕晨沉吟一會兒才說：「蓋一間地下屋。」

「又要造船又要蓋屋，一個人怎麼可能完成？」

「所以達悟族很團結，他們會請親朋好友來幫工，待在這裡愈久，愈羨慕他們親族之間無形的羈絆。」

停好車後，我打開提前準備好的手電筒，發現前面有個拱門形狀的岩洞。

「我和何安之間，應該也有那種無形的羈絆。」我低聲道。

「所以我才說，妳這樣看她好戲，很沒良心。」

我撇撇嘴，決定轉移話題，「東岸的浪好像沒那麼大。」

「對呀，所以大家才會選在西岸衝浪。」

忽然，另一台摩托車由遠而近駛來，孫夕晨拉起我的手，躲在一旁的礁岩後方。

我用氣音悄聲問：「幹麼躲起來？」

「噓，這裡叫做『情人洞』，晚上常常有情侶過來幽會，不能打擾人家。」

「你根本只是想偷看而已吧。」

「噓！」

這是我和孫夕晨第一次靠這麼近，他好奇地觀察外面的動靜，我則好奇地偷覷著他，為什麼他有那麼多我不知道的樣子？

「何小安！等等我！妳自己問我古馬洛說有哪裡好玩，幹麼都來了還在生氣？」

「我哪有生氣？」

「明明就有！」

沒想到來的居然是何安和京美。

京美無奈地看著何安，接著她突然開始脫衣服，我趕緊抬手遮住孫夕晨的眼睛，不准他偷看。

「妳幹麼？」何安問京美。

「還債呀，我不是輸家嘛。」京美很快脫掉上衣和外褲。

「白痴啊，等等有人來了怎麼辦！」何安走近她想要阻止。

「何小安，怕有人看見我的話，就抱緊我啊。」京美輕輕一笑，掙脫何安的手，一路往海狂奔。

「這個瘋女人！」何安立刻追隨在後，和她一起衝進海裡。

「海水好涼快喔！哈哈哈！」京美從海裡竄出來，像隻靈巧的海豚，既放縱，又自由。

這一幕讓我看恍了神。

我從沒看過這樣的何安，和喜歡的人盡情大笑的何安。

孫夕晨的頭冷不防靠在我的肩膀上，他呼吸平穩，雙眼閉起，像是睡著了。

「哪有人被人搗一下眼睛就睡著的啊，有那麼累嗎？」我沒好氣地自言自語，但被他這樣靠著肩膀，我心裡其實有點開心。

耳邊聽著何安和京美的嬉戲聲，我仰頭望向布滿星星的夜空。

眞希望時間能停在此刻。

第三章　追浪

眼睜睜看著一道巨浪劈頭蓋下，我被沖入海中，鼻孔進了好多水，嗆得我直流淚，差點以爲自己會溺死。我努力拉著腳繩，把練習板拉回來，重新浮上海面後，我大口大口呼吸，像尾被釣出海面的魚。

後面又有一波浪打過來，許多人已經抓好時機要下浪，我只好用僅剩的力氣划到旁邊稍作休息，不要擋到他們。

「靠！又有漂流木！」一個男生從我旁邊划過，不客氣地說道。

「你這小子，上個月還不是一天到晚被浪炸個半死！滾！」藍波爺爺划到我身邊，瞪了那個男生一眼，扭頭對我說：「剛剛那道浪至少五呎，妳連一道浪都沒追到過，就想一步登天啊！」

「對不起，因爲剛剛切入的時機很好，板頭都沒翹起來，沒想到轉瞬間浪就蓋上來了……」我吶吶地解釋。

「那就代表妳划太慢了，浪都要蓋了妳才進，時機好個屁！我不是說過可以看到完整的浪壁才是好時機嗎？」

「我知道錯了。」

藍波爺爺撇撇嘴，「罷了，妳繼續練，直到妳能判斷什麼樣的浪才是適合妳的爲止，否則就別擋別人的路。」

好不容易又卷起了一道浪，遠望其他人追浪的身影，就像鴿群隊形一致地飛往同一個目的地，在那之中，容不下還無法站在海上自由遨遊的人。

「衝浪眞難啊……」我自暴自棄地趴在板上隨波逐流。

這幾天我的學習進度像是卡了關，始終無法更進一步。孫夕晨昨天要不是起乘時重心不穩，差一點就能成功下浪了，所以我才會如此焦躁，想要快一點學會。

造訪情人洞的那一夜過後，孫夕晨在與我相處時話變少了，多半只是一味地埋頭練習衝浪，除非浪眞的太小，他才會說他要回去吃飯。

「一起去麵攤吃啊。」我提議。

「不了，自己煮比較省。」

「你之前不都是先吃飽才過來練習嗎？」

「最近餓得比較晚。」他不假思索答道。

孫夕晨絕對是在躲我，百分之百。

我不停回想那一夜自己到底說錯或做錯了什麼，但我實在想不明白。

那一夜明明很浪漫的。

何安和京美的鴛鴦戲水大概持續了一個多小時，接著又坐在沙灘上聊天聊到半夜三點多才走。

而孫夕晨竟然靠著我的肩膀睡到凌晨四點多才醒。

「你終於醒了？」

他眯起眼睛看著天邊漸漸露出來的晨曦，揚起一道比晨曦還耀眼的笑容，「日出的那一刻，陽光會像金黃的稻穗灑在海上，比月光海還美。」

「眞的？就快日出了耶，好期待！」我被他說得十分嚮往。

孫夕晨坐直上半身，伸了個懶腰，「維持同一個姿勢太久，身體都僵了，我們來玩鬼抓人吧，我來當鬼。」

「你很幼稚耶，而且這裡除了礁岩，還有哪裡能躲啊？」

「妳可以躲進海裡呀。」他壞心地說。

「沒關係，我跑步很快，輸的人請吃早餐！」我忿忿地說，然後趁著他數數時，立刻拔腿狂奔，想盡快找個合適的地方躲藏。

「我只數到一百。」孫夕晨高喊。

然而他數到九十九就停了。我躲在一塊大岩礁後方等了老半天，直到太陽從海平面慢慢升起，海面被映照得像是一片金黃燦爛的稻田，都沒能聽到他喊出那聲一百。

我忍不住從岩礁探頭出去一看，頓時傻眼了，海灘上哪裡還有他的身影啊。

這傢伙眞的很幼稚耶，居然耍我！而且他腳程還很快，騎車回去的路上我都沒找著他，或許他爲了躲避我，選了另一條路線離開。

難道他是因爲怕自己會輸，不想請我吃早餐，才悄悄溜走？

回想起他多次吝嗇的行徑，這確實滿有可能的。

眞想知道他對他女朋友是不是也這麼小氣，還是他只對她一個人大方呢？一浮現這種猜測，我心中不由得酸澀了起來。

今天餐廳一改平日的營業時間，變成只在晚上營業，餐點則提供烤肉、烤魚，以及啤酒喝到飽。原來今天是丹姊的生日，自莫哥返回蘭嶼定居之後，他每年都用這種方式幫丹姊慶生。

「我要讓大家和我一起同樂，我又和木南瓜過了一次生日，過一次少一次，所以每次都很珍貴。」莫哥說話時看著丹姊。

我想著這世上沒有人會比莫哥還要深情，他卻說，不是他深情，是他很幸運，丹姊在他最糟糕的時候牽起他的手，再也沒有鬆開過。

「結果每年他都和朋友喝得醉醺醺的，現在才得這麼早就開始準備食材！」丹姊邊串肉邊翻了個白眼。

「丹姊，妳是不是害羞了？妳上星期收到一個包裹，裡面好像是衣服呢，妳是打算買來今天晚上穿的吧！」京美調侃她。

丹姊動作一僵，趕緊起身裝忙，「咳咳，我先去廚房再搬一點肉過來。」

「嘻嘻，要穿得漂漂亮亮的喔！」京美大聲說。

匆忙離開的丹姊耳根都紅了，惹得我們笑成一片。

何安彈了下京美的額頭，「膽子大了，敢開丹姊的玩笑？」

「哪有，我只是說說嘛……」

「京美！」古馬洛從機車上跳下來，充滿朝氣地喊道：「這些飛魚乾是要給莫哥辦烤肉會的。」

說完，古馬洛把一大箱魚乾放上吧檯，京美飛快瞄了何安一眼，有些尷尬，不知道要不要和他打招呼，京美應該是怕何安不高興。

「好喔！部落今天已經有好多人送東西來了，莫哥人緣眞好。」我連忙接話。

「當然啊！莫哥說了，只要貢獻食材，晚上就能免費喝到飽！」古馬洛爽朗地說。

難怪大家都熱情得要命，原來是爲了酒啊。

「我會跟莫哥說的，謝謝你。」何安忽然抬眼說道，讓京美嚇了一跳。

「謝啦！晚上再和妳們一起喝一杯！」古馬洛對何安笑了笑。

「行。」

直到古馬洛離開後，京美還是像個小媳婦似的，時不時偷偷觀察何安的表情，手上還拚命串著肉串。

「妳別忙了，坐下來休息一會。」何安對她說。

「我、我沒關係。」京美緊張地回話。

「我不想妳太累。」

「喔……好。」京美嬌羞地低下頭，我覺得自己又被發狗糧了。

何小安瞥了我一眼，輕笑：「小絮，妳那是什麼表情？不會吃醋了吧？」

那一瞬間，我感受到京美投來的視線夾雜著一絲複雜的情緒，女人很敏感，何安這句話絕對會讓人多想。

尤其是在乎何安的人。

京美比我想得還擅長隱藏情緒，她不著痕跡地看我一眼後，繼續低頭串肉串，假裝什麼也沒聽見。

此刻的她，心裡一定也在想著，何安是不是在利用她讓我吃醋？

這樣的京美有點可憐，這樣的何安有點可惡。

我斟酌過用詞才答道：「何小安，朋友之間有什麼好吃醋的？況且我又不是占有欲強的那種人。」

何安垂下眼睛，淡淡地說：「是啊，妳是不會，無論任何時候。」

這段插曲很快就被忙碌帶過，我們若無其事地做好各自手上的工作。

日落時分，餐廳裡的人潮漸漸多了起來，大家都很準時地過來報到，莫哥還加擺了幾張桌子在門口，才能應付這高朋滿座。

本來以為身為工作人員的我們會很忙，沒想到這場烤肉會相當隨興，客人們只要支付一筆餐費，就能自行取用食材前去燒烤區烤肉，酒也堆在牆邊任他們喝。

「不然呢？妳以為莫哥會讓丹姊在生日當天還得忙著做生意嗎？」何安一副了然的樣子。

「啊，丹姊今晚好美。」我的目光落向姍姍來遲的丹姊。

她難得化了濃一點的妝，頭髮盤起，穿著碎花長裙，笑得有些靦腆。

莫哥上前將她擁入懷中，在眾人的起鬨下，在她的臉頰輕輕印下一吻。

「大家就別鬧啦，今晚不醉不歸！」莫哥豪爽喊道。

烤肉會正式開始，何安早就幫我烤好一盤肉遞給我，當然京美也有一份，只是京美看著我的表情依舊彆扭。

看來，我成了他們關係中的一根刺，那根刺並不大，卻會隨著時間讓周遭的組織慢慢發炎化膿，最後潰爛成瘍。

就像……仍在我心中的那根刺一樣。

「咦？江雲絮！真的是江雲絮！」一名曬得黝黑、個頭矮小的男人湊到我面前揮手，但我沒印象自己見過他。

「你是……」

「是我啊！那個登山客！那次看妳太傷心，沒來得及和妳要LINE，沒想到……」

何安忽然衝過來擋在我面前，吼道：「京美！把小絮帶走！」

我愣了愣，不懂何安為何會有此反應，何安這一吼引得不少人朝我們看過來。

「妳、妳們幹麼啊？」男人也嚇了一跳。

在我被京美拖走之前，我看見何安用力揪住男人的衣領，不知道在他耳邊說了些什麼。

何安的表情非常可怕，比別人嘲笑她的性向時，還要恐怖。

京美死命抓著我的手臂，把我拖去停車場。

「京美，妳放手，我要去找何安。」

「不放。」

「妳就這麼聽她的話？妳就這麼喜歡她？」我急得口不擇言。

京美用力咬住嘴唇，大聲說：「妳以為我想要這樣？還不是因為小安很在乎妳！」

「爲什麼要把我帶開？妳們是不是瞞著我什麼？我是不是在什麼時候遇過那個男人？」

「我不知道。」

「我眞的……是因爲車禍才昏迷那麼久嗎？」我猶豫了一下，還是問出最近偶爾會浮現在心裡的疑問。

京美抓著我的手緊了緊，沒有回話。

「別爲難京美了，我全都告訴妳。」何安拿了兩瓶啤酒，面色沉重地走過來。

京美終於鬆開抓著我的手，她憂心忡忡地看著何安。她爲什麼要這樣看著何安？難道……

何安跳上其中一台機車坐下，示意我也一起坐下，隨後打開一瓶啤酒遞給我，京美則又輪流看了我們一眼，便不發一語離開。

「剛剛那個男人確實見過妳。」

「爲什麼我一點印象也沒有？」

「妳是發生過車禍，不過不是在妳以爲的那一天。」何安話說得很慢且愼重，像是怕我承受不住衝擊。

「那是哪天？」

「是在葬禮之後……」

聽到「葬禮」兩個字，我的胸口湧上一陣恐慌，似乎能猜到接下來何安要說什麼……

我霍地站起身，何安卻說：「小絜，喝口酒。」

「我可以不聽嗎？」

「好，那我就不說。」

我一下子灌下了半瓶啤酒，酒精讓我沒那麼恐慌了。

「是那個人的葬禮嗎？他死了？」我看向何安，期待她可以給我否定的答案。

她只是悲傷地別過眼，不回答我。

匡啷。

手上的酒瓶摔碎在地上，碎片刮傷了我的小腿，血珠從傷處滲出。

「別動，我去拿OK繃。」

「何小安！別走，說……說清楚一點。」我瞪著地上喊道。

她嘆了口氣：「是那名登山客發現他的，發現的時候他已經過世一個多月了。葬禮一結束，妳就出了車禍，是我不好，不該讓妳獨自離開……」

「所以，那是什麼時候的事？」我語氣平靜，像是在問起別人的事一樣。

「五年前的一月份左右。」

「那車禍呢？」

「妳在隔月騎車恍神自撞。」

「這樣啊，原來是這樣啊。」

一般來說，知道自己的父親過世，應該要很難過才對，但我心中的感受卻很古怪，只覺得原來如此，彷彿事不關己。

我連爸爸的臉都想不起來。

當時我在他的葬禮上有什麼反應？做了些什麼事？又是如何悼念他的？我有哭嗎？

「還好葬禮辦完了。」我脫口而出。

何安看著我的眼神充滿哀傷與憐憫，我無法承受這樣的眼神，於是轉身離去。

「小絮，妳去哪？」何安叫住我。

「妳放心，我不會再讓自己出事，妳就讓我一個人靜一下吧。」

「小絮！我……」

我扭頭對她說：「小安，這陣子……妳辛苦了，謝謝是妳在我身邊。」

「江雲絮……我等妳回來，知道嗎？妳一定要回來。」何安大聲說。

我擺了擺手，逕自大步走開。

我想走去那片會遇到孫夕晨的海灘，但才走了一小段路，我開始頭痛欲裂，好像有一些破碎的記憶從腦中閃過，我努力試圖回想，頭痛卻變得更變本加厲，讓我只能蹲在路邊抱頭蜷縮起身子。

我以爲，孫夕晨會像之前的每一次那樣突然出現。

可是這次卻沒能等到他，在我最需要他的時候。

「好痛……我好痛喔……」我喃喃低語，很想喊出他的名字，要他過來陪我，只是一想到他是別人的，不是我的，那三個字便又被我吞了回去。

他是別人的，不是我的。

我必須一直這麼跟自己說。

不知道過了多久，頭痛終於消停，天色早已完全暗下，頂著滿頭大汗的我，仍執意去往那片海灘。好不容易去到之後，我沒有帶手電筒，只能坐在海堤邊，聽著海浪的聲音，心情怎樣都無法平靜下來。

「孫夕晨……」我還是忍不住小聲喊出了他的名字。

「有。」

我不敢置信地轉過頭，發現孫夕晨站在我身後，正一派輕鬆地對我揮手。

「你、你怎麼知道……」我驚訝得連一句話都無法完整說完。

「別把我想得那麼神通廣大，我剛剛在Kenji桑的店附近，碰巧看到妳走過來。」

「這樣啊。」

「你們餐廳今天不是辦烤肉會嗎？怎麼一個人跑出來？等等Kenji桑也要過去。」

「那你呢？你不去嗎？」

「我對喝得爛醉沒興趣，那種場合去了肯定沒辦法清醒著離開。」

「可是今晚只要付一點點錢就能烤肉吃到飽、啤酒喝到飽喔。」

孫夕晨眼睛一亮，看起來有些心動。

「可是妳不想去啊。」他指指我，「妳臉色超難看的，像是從海裡爬出來的水鬼，很嚇人。」

要不是剛剛那場頭痛令我全身乏力，我眞的會一腳將他踹下海堤。

「我可以說個故事給你聽嗎？」我問他。

「好啊。」孫夕晨在我旁邊坐下，「我保證不會睡著。」

我曾經以爲，只要我當個乖小孩，爸爸就會回來。

後來奶奶過世，爸爸把我接回去，我心裡其實有點開心，努力表現出自己最好的一面，但爸爸依舊不願正眼看我，也極少和我說話，好像沉默是他和我最好的相處模式。

爸爸勉強和我同住了一個月，便租了附近一間屋子，決定搬出去。

我不爭氣地哭了，拚命懇求他留下，問他可不可以不要走？我保證自己會再乖上一百倍。

爸爸當時低聲回了句什麼，我聽不清楚，滿懷期待地走上前去，想著或許爸爸回心轉意了，不料他忽然轉頭對我大吼：「她曾經是我人生的光！妳奪走了我的光！如果沒有妳就好了，如果那個時候我讓她把妳拿掉就好了！」

有些事，其實我在很小的時候就明白了，但因爲沒人說破，我總催眠自己，一定不是那樣，一定是我想多了。

直到爸爸說出這番話，我才迫不得已面對眞相——我的存在，並不被任何人期待。

我該要恨他一輩子才對，他讓我不相信自己可以被愛，讓我……不相信愛。

「孫夕晨，最悲哀的是，我一直在等我爸有天會跑回家找我，跟我說我是他唯一的家人。但他寧願獨自死在荒郊野外，也不願見我。」

「妳怎麼知道他離世之前不願見妳？妳又不在場。」孫夕晨語氣帶著難得的認眞。

「想也知道。」

「人死之前，往往想起的都是自己後悔的事。」

「不是想起自己愛過的人嗎？」

他看著我的表情流露出一抹批判的意味，「明明嘴上說不相信愛，結果滿腦子浪漫思想，妳這人眞矛盾。」

「我哪有，我是眞的不相信……我這樣的人可以得到愛。」

孫夕晨歪著頭思考了一會兒，「所以妳不是不相信愛，而是怕自己得不到愛，眞是膽小呢。」

我應該要反駁他的，但也不知道爲什麼，我還是選擇向他坦白，「對啊，我很膽小，所以這麼多年來，我一次也沒去看過我爸，我怕……」

怕爸爸像當年一樣，又對我說出那種傷人的話。

在這一瞬間，我突然覺得好疲憊，我慢慢把頭靠在孫夕晨的肩上，悶聲說：「還債。上次，我借你靠著我的肩膀睡了很久。」

「好，還妳。」

沒錯，還我吧。

這樣我們就兩不相欠了。

這樣我對你才不會有過多的奢望，即使你每出現在我面前一次，我的胸口都會感到刺痛，又痛又快樂。

我眞的不相信愛，因爲我喜歡的人，不可能喜歡我。

「孫夕晨，我好像眞的有點難過。」

「哪有人親人過世會不難過的。」

「我連他的臉都不記得。」

「可是妳的血液記得，妳的靈魂記得。」

我哭了。

從無聲落淚，漸漸演變成抓著他的衣角痛哭，還把眼淚抹在他的袖子上。

「喂……妳得付我送洗費。」

好吧，就算是這種時候，孫夕晨還是小氣得可愛。

一夜無眠。

天色剛濛濛亮，我就起床準備出門，離開房間前，我替何安把被子蓋好。昨晚我回來後，她什麼也沒問，我知道她有很多問題想問我，卻因爲怕我情緒崩潰，只能暫時悶在心裡。

我還需要再多一點時間，才能和她開誠布公聊聊。

騎上民宿的腳踏車，帶好地圖和水，今天我不想衝浪，只想沿著這條最終會回到出發地的公路，一路前行。

我一下子想著爸爸，一下子又想著孫夕晨。

昨晚孫夕晨一直陪著我。

我還是忍不住問了他，爲何最近要躲著我。

我期待他能編些理由，什麼都好，偏偏他的回答誠實得讓人難過。

「因爲，我想她了。」

「想她和躲我有什麼關係？」我故作輕鬆地問。

「有。」

「那你說說看啊？」

他笑而不語，我不懂爲何他要笑。

「不然改說說你們的故事吧。」

「妳今天心情不好，幹麼還要聽？」

「轉移注意力。」

回憶到這裡，一陣刺耳的煞車聲響起，我好不容易煞住腳踏車，停在路中間，就差那麼一點，我就要成爲謀害山羊的兇手了！蘭嶼的羊才是眞正的馬路三寶，要麼時不時衝出來，要麼大搖大擺走在路上，一點都不怕人車。

重新上路，我已經開始後悔了，在這麼熱的天氣裡騎車環島，好像是個糟糕的決定。

就像我要孫夕晨說他和女孩的故事給我聽一樣，那也是個糟糕的決定。

孫夕晨說，他時常覺得，女孩喜歡他一定沒有他喜歡她多。他很常會吃醋，但她對他太過放心，不管哪個女生親近他，她都一點醋意也沒有，愈是這樣，他就愈想故意做點會讓她吃醋的事。

「對了，我明天會和同事琪安一起出差。」

「是喔。」她漫不經心地回話。

他和琪安已經是第三次一起出差，女孩卻仍不怎麼在意。

「我還滿欣賞她的，每次和客户快談崩的時候，都是她負責救場。」

「那很好啊，你不是討厭笨蛋嗎？」

「是啊。雖然我爸故意把她安插在我身邊，有意撮合我們，但她能力眞的很好，實在捨不得把她趕跑。」

女孩笑了，「那就好好留住人家啊，人才難找。」

孫夕晨簡直無語了，爲什麼女孩還笑得出來？爲什麼還能這麼一派輕鬆？

他心中很不是滋味，兩人明明交往半年了，他卻仍覺得自己與女孩之間像是隔著一道無形的牆，始終觸摸不到眞正的她。

「我星期天會盡量早點回來，然後一起吃晚餐？」

女孩彈了他的額頭一下，「你出差已經很累了，隔天早上八點還要去公司開會，你要是不早點休息，開會遲到怎麼辦？豈不是更會被人說閒話？下週再見面吧。」

女孩這番說詞完全站在他的立場考量，可是他卻高興不起來。

他多希望她能任性一點、黏人一點，不要總是他找她，她連一次也沒主動找過他。

星期天出差回來，他故意忍著不打電話給她，只來到他們最常去的居酒屋，沒想到一走進去就見女孩醉醺醺地趴在桌子上。

他沒有吵醒她，而是點了杯啤酒和幾樣小菜坐在旁邊，讓她再多睡一會兒。

過沒多久，她忽然睜開眼睛，醉眼迷濛地看了看他，接著用力捏住他的臉。

「孫、夕、晨！你這個壞蛋！花心鬼！那個琪安那麼好，你就去和她在一起啊！我又平庸又不會英文，跟我在一起幹麼！」

「因爲我喜歡的是妳啊。」他噗哧笑出聲，她喝醉的樣子實在太可愛了。

「騙人，你只是一時新鮮，很快你就會發現，我什麼優點都沒有。」她低落地垂著肩膀，「琪安一定很美，能力又好，和你很配……」

他起身結帳，不分由說地把她背起來，「對誰心動從來就不是那些原因好嗎？」

「那是什麼原因？」

「是想把一個人的笑容占爲己有，就這麼簡單。」

「你還滿會說話的！」女孩說完打了個響亮的酒嗝，「孫夕晨，要怎樣做，我才能成爲你心中的完美女友呢？」

「妳不需要完美，我連妳的缺點都喜歡。」

隔天，他還是沒能趕上公司八點的會議。

女孩早上一醒來發現他睡在旁邊，嚇得立刻坐起身，「你、你怎麼會在這裡？」

「以後我不在妳身邊不准喝酒，知道嗎？」

「好……」

「不要再追求完美了，我喜歡有缺點的妳。」

女孩臉上那驚訝又慌張的神色，讓他心情更好了，這代表她記得兩人昨晚的對話。

「要多吃點醋，我才能感受自己被妳愛著。」

不知不覺騎到了東岸，情人洞在白天看起來，少了一點神祕感，與孫夕晨共處的那晚，儘管美好，卻宛若只能短暫綻放的煙火。

孫夕晨眞的很喜歡、很喜歡他女朋友。

再次深刻認知到這件事，我心中的酸楚更強烈了。

他永遠不可能喜歡我。

明知不可能，我卻一再地走向他，理智告訴自己不行，卻無法控制自己的心。

我有點明白Kenji桑的感覺了。

明知對方已經結婚，卻仍執意等對方回來，這是一種倔強，也是在逞強。

如同追逐那道明知不屬於自己的浪，屢次失敗，卻又屢次義無反顧去追，以爲只要努力，或許就能追到。

不可能的。

再怎麼努力也不可能。

「累、累死了！是誰說三個半小時就可以騎完島上一圈的……莫哥騙我……」我氣喘吁吁地牽著車走過一段上坡路，嘴裡恨恨地抱怨。

好不容易迎來下坡，我重新坐上腳踏車，不費力氣順坡而下，迎面吹來的涼風馬上讓我忘了剛剛的痛苦。

我對自己會這麼喜歡孫夕晨感到很驚訝，過去我也暗戀過幾個人，像是隔壁班躲避球打得很好的同學、打工店裡很會唱歌的同事，不過我總是先入爲主地認定他們不會喜歡我，所以一次也沒告白過，喜歡的心情也很快就煙消雲散了。

只有孫夕晨不一樣，我有預感，就算以後不能再見到他，我還是會喜歡他很久很久。

我實在不解爲何自己會這麼喜歡他，那種小氣的傢伙到底哪裡好了……

經過一個村子，迎來一面長長的壁畫，我忍不住停車觀賞，上頭畫著達悟族飛魚季的場景。我用手機拍下壁畫，想著晚上一定要與孫夕晨分享。

唉，再這樣下去，我就要變成令人唾棄的小三了，不對……他又不會劈腿，我連要變成小三的機會都不會有，孫夕晨那麼愛他的女孩，怎麼可能會對我……

可是，他說他是因爲想念女友，才故意躲著我……我心中可恥地悄悄萌生出不該有的期待。

我就這麼懷抱著糾結的心情完成了環島路線，在日正當中的時候，抵達了Kenji桑的店，打算吃點好吃的東西恢復體力。

「哇喔！妳曬得臉都紅了，小心會變黑喔！」Kenji桑嚇了一跳。

「黑？我以爲我來這裡這麼多天，早就變成黑炭了。」

「哈哈哈，妳很搞笑耶。」

「Kenji桑，我早上騎腳踏車環島騎了四個小時，快餓壞了！」

「環島？妳就這樣騎了一個早上？中間都沒休息？」Kenji桑很驚訝。

「對啊！」我不無自豪地說。

藍波爺爺從店門口走進來，應該是剛衝浪回來，他冷哼一聲，「她整天在浪裡練習划水，體力當然變好了。」

「藍波爺爺！抱歉啊，今天沒去練習。」我向藍波爺爺解釋。

「反正妳去了也是白搭，只會追不適合的浪。」

我灌下一大杯冰水，感覺重獲新生，喃喃道：「可是怎麼辦？我就是想追那道浪。」

「那妳等著溺死吧！」藍波爺爺撂下狠話。

Kenji桑端了兩大盤咖哩飯和兩碗滿滿都是料的味噌湯上桌，我和藍波爺爺不再說話，專心埋頭狂吃。

「就算不適合，不代表不能下浪啊，偶爾也會成功一次。」Kenji桑笑道，「您就別對她太嚴厲了。」

「嗯？會、會成功嗎？」我嘴巴裡還含著一口飯，口齒不清地說。

「當然啦，一直試一定會成功一次，選擇不適合自己的浪，不是完全不可能成功，只是機率不高。」

「成、成功之後應該會超級開心吧？」我眼睛一亮。

「滿嘴食物不要說話！」藍波爺爺敲了我的頭一下。

「會很空虛。」Kenji桑淡淡地說。

我連忙嚥下口中的食物，「怎麼會？」

Kenji桑解釋：「因爲通常只能維持幾秒，就會從浪板上翻下去了，那時心情就會很空虛，想著早知道就不要挑戰了，自己根本無法駕馭。」

「沒錯，所以乖乖選矮一點的浪！」藍波爺爺又敲了下我的頭，我總覺得他話裡似乎意有所指。

我嘆了口氣，「唉……反正我在短期內還很難成功起乘吧。」

「哼，終於有點自知之明了。」藍波爺爺臉色好看些了。

這時，何安忽然走進店裡，一看見我便愣住了，「天啊，妳怎麼變這麼黑？」

我無奈地想著，看來真的得花很長一段時間才能讓自己白回來了。

不過我不後悔。

原本以爲Kenji桑就住在店裡的二樓，直到剛剛他要我和何安上二樓好好聊聊，我才知道二樓也設有營業座位，而他住在後面那棟屋子。

二樓的位子很少，只有兩、三桌，我和何安選了一桌坐下，一時無人說話，各自安靜啜飲面前的冰美式。

「那時我才剛去看過妳父親沒多久。」玻璃杯裡的咖啡都快見底時，何安才緩緩開口。

何安若是有心隱瞞我什麼事，必定能做到絕口不提，她就是這樣的人。她之前從未跟我說過她和我爸爸的談話細節，我猜可能是她怕說了會讓我難過，又或者這是出自於爸爸的要求。

「這樣啊。」

她煩躁地用吸管戳著杯中尚未完全融化的冰塊，眉頭皺得很緊，「妳老是覺得不會有人愛妳，其實……妳只是不願意看見有誰愛妳，沒有得到就不會失去，不會失去就不會難過。」

我摳著手心，不知道該怎麼回應。

「每次我去看伯父的時候，他總是一語不發地做飯給我吃，餐桌上都是我在說，他安靜地聽我說妳，從來沒有給過我任何回應，直到最後那次見面，他才給了我一個鐵盒，我猜或許是老人家感知到自己的大限將至。」

何安從背包拿出一個陳舊的方形鐵盒，放到我面前。我沒有去碰，我甚至覺得自己沒有資格去碰，因爲那個人是那麼地討厭我。

「我去續杯。」我猛地起身，選擇逃離。

「小絜，我在這等妳。」

不要老是等我，每次有人說要等我，我就會想要期待，但往往——

頭又開始痛了。

到了樓下，Kenji桑見我臉色不好，關心問道：「妳沒事吧？」

「沒、沒事……我要續杯。」

Kenji桑擔憂地看了我一眼，沒再說什麼，轉身回到吧檯煮咖啡。

我忍著頭痛，坐在一邊等待，

兩杯冰咖啡很快就做好了，我卻仍坐在一樓不動，Kenji桑看出我意圖逃避，便假裝忙碌，不想讓我尷尬。

過了許久，我才踏著沉重的步伐回到二樓。

何安再次把鐵盒推到我面前，「妳打開看看。」

「小安，妳對我這麼好，還有辦法愛別人嗎？」我抬眼直視著她。

她眼睛眨了眨，似乎很驚訝我居然如此直接。

「爲什麼這麼問？」

「我怕妳愛不了別人，傷害了想愛妳的人。」

就像我傷害了她。

「小絮……妳對我來說非常非常重要，僅此而已。」何安謹愼地選擇用詞，面色凝重。

何安一定不知道她和京美在一起的時候，笑得有多開心自然。

「也許不只我一個人不懂得愛。」

「那妳就打開這個鐵盒，這樣我就不用時時爲妳掛心，我也能……」何安沒有把話說完。

自由。

我猜她想說的是這樣她也能自由。何安一直被困在我身邊，因爲我沒能過得好，所以她放不下也離不開。

我深吸一口氣，微微顫抖的手抓過鐵盒打開，裡頭裝的盡是些小雜物，一樣樣檢視過後，我發現那些東西都與我有關。

國小畢業典禮上被授予的模範生勳章、國中沒有勇氣送出去的情書、高中打工店裡的外送名片，還有跆拳道館的專屬徽章。

「這些……」

「妳知道他每次都做什麼給我吃嗎？蔥花炒飯。我本來以爲大概是他長期隱居山林，才吃得這麼簡樸，直到有次妳半夜肚子餓，自己做了蔥花炒飯……那個味道和他做給我吃的一模一樣。」

「我不是因爲喜歡才吃的。奶奶以前煮的飯量常常不夠，我在發育期又特別能吃，只好自己開伙。小孩哪有什麼廚藝啊，就打個蛋切點蔥，隨便炒飯塡飽肚子就是了。」我不自在地解釋。

「妳的很多事伯父都知道。」

「是嗎？」我半信半疑。光是鐵盒裡的那些東西，又不能代表什麼。

「他對我說的第一句話是：哪有不愛小孩的父母。」

「騙人……」

「我沒有騙妳，是眞的。」

「那他為什麼不肯見我？為什麼要隱居在山裡？為什麼……」

為什麼這麼多年始終對我不聞不問？

「人死之前，往往想起的都是自己後悔的事。」

孫夕晨說過的話，冷不防在我腦中浮現。

我瞪著鐵盒裡的物品，愈看愈是氣憤，要後悔的話為什麼不能早一點？

「小絜，沒有人天生就會當父母。我媽到現在還是認為，我喜歡女生是因為我生病了，有一天病會好的，但這不代表她不愛我，不是嗎？」

「可他已經死了，而我連他的長相都不記得……」我喃喃道。

「妳記得的，只是還想不起來罷了。」

是啊。

成年之後，我是見過父親的，至少在他的葬禮上見過……

「他真的愛過我嗎？小安，我爸真的愛過我嗎？他明明那麼恨我……」我還是不敢相信。

何安語塞，每次她不知道說什麼時，大都會輕拍我的背，這次也一樣。

「尋獲妳父親的遺體時，他衣服的口袋裡有張陳舊的便條紙，上頭寫著『女兒』

和妳的電話，所以警察才有辦法聯絡上妳，確認他的身分。」

「女兒？」我怔住了，以為自己聽錯了。他從來沒對我用過這個稱呼。

何安露出笑容，用力點頭，「嗯。」

淚意倏地上湧，我不想為了這麼點事就哭，他可是拋棄了我啊……

「伯父並非對妳漠不關心，只是沒找到方法面對妳而已。」

我翻看著鐵盒裡的物品，拿起一個兔子木雕鑰匙圈，「這是什麼？我怎麼不記得我有過這樣東西？」

何安眼底閃過一絲異樣，但她很快從容不迫地說：「可能是伯父不小心放進去的吧，或者也可能是他想送給妳的禮物。」

「禮物？我對木雕又沒興趣……」

「畢竟伯父對妳沒那麼了解嘛，或許他只是覺得女生應該會喜歡兔子。」她接過我手裡的鑰匙圈。

此時樓下忽然傳來碗盤摔碎的聲響，何安連忙下樓查看。

我坐在原位，心中有股極為怪異的感受，那個兔子木雕鑰匙圈……

想著想著，我下意識搓了搓手指，我的指頭上有幾道深淺不一的傷疤，我一直以為那是車禍造成的……但真的是這樣嗎？

何安把鑰匙圈拿走了。不管鑰匙圈出現在鐵盒裡的原因是什麼，它都屬於我，何安卻把它拿走了，這不是她的作風。

我走下樓，Kenji桑的腳邊是一堆碗盤的碎片，他卻完全無意收拾，只與一名站在店門口的短髮女人長久四目相接，兩人誰也沒移開視線。

女人肌膚白皙，一雙大眼睛明亮有神，她神情激動，雙眉緊蹙。

「Kenji……」女人的嗓音略帶沙啞。

「明明……」Kenji桑也喚了她一聲。

「好久不見。」這個喚作明明的女人撐起笑容。

「好、好久不見。」

「Kenji的中文比以前說得好多了，你是這間店的老闆嗎？」

「嗯，妳、妳的皮膚也白了好多。」

明明抬手將頭髮往耳後塞，「是啊，我很久不衝浪了。」

我和何安對看一眼，很清楚Kenji桑和明明需要不被打擾地好好聊聊，於是自告奮勇接下店內的工作，把他們請上二樓。

Kenji桑等待多年的人，終於回來了。

而我等待多年，想知道爸爸究竟愛不愛我，我沒能等到他親口告訴我答案，只等到那個鐵盒。對於何安那番說詞，我並未全盤相信，她或許只是想安慰我罷了。

也或許我不願相信爸爸自始至終都牽掛著我，是因爲恨一個人比愛一個人更容易。

何安正在向店裡的常客請教浪板的分類，我則盯著她褲子微凸的口袋出神。

我以爲Kenji桑會和多年未見的心上人聊得更久些，然而才過了十幾分鐘，他們就一前一後走下樓。

明明對他笑了笑，「很高興還能再見到你，Kenji。」

「我也是。」

臨走前，明明又回過頭說：「我還會在蘭嶼待幾天，找一天一起吃頓飯吧。」

「好，妳眞的……不再衝浪了嗎？」

明明搖頭，「我早就忘了怎麼衝浪。」

這句話聽起來有點椎心，彷彿是在暗示，她和Kenji桑的那段過去，也早就被她忘了。

「這樣啊，眞可惜。」Kenji桑努力維持微笑，只是在明明轉過身的那一瞬間，他臉上的笑便立刻瓦解。

我和何安識相地離開，並幫他把店門上寫著「營業中」的牌子翻過去，留給Kenji桑一處安靜的空間。

歸途無話，或許我和何安各自都有太多訊息需要消化。

時間會改變很多事，就像Kenji桑始終在心上掛念的明明，她遠嫁國外多年，性格喜好都與Kenji桑先前的描述大相逕庭，過去曾是衝浪好手的明明，甚至宣稱她早已忘了如何衝浪。

在我昏迷的這五年裡，世界還發生了哪些我不知道的變化？以前我不想問，也逃避去問，但我現在想要問了。

「那個兔子木雕鑰匙圈……」我鼓起勇氣問何安。

「你放開我！」

前方的小路忽然傳來爭執聲，何安立刻衝上前去。

我慢了幾秒才反應過來，那是京美的聲音。

「媽的！妳知道我在妳身上花了多少錢嗎？以為躲來這裡就沒事了？」一名年約四十的男人緊抓著京美的手，京美死命掙扎卻掙脫不開。

何安輕輕鬆鬆便將京美從男人手上扯開，擋在她的身前，整段過程宛若行雲流水，快到讓人來不及反應。

「妳是誰啊？」男人打量了何安一眼，隨即露出輕蔑的笑，「哇靠！李京美，妳行啊，現在連蕾絲邊都搞上了啊！」

「京美，回去吧。」何安要京美先回民宿。

男人當然不可能就此罷休，他趾高氣昂地對何安說：「等等，妳既然要和那種賤女人搞在一起，就替把她欠我的還一還。」

京美臉色發白，嗓音打顫，「我沒有欠你什麼，你送我的東西，我都還你了……」

「怎麼會沒欠我什麼？我在妳的頻道投資了多少？我給妳介紹了多少人脈？因爲妳，我不但臉面丟盡，還有好幾個客戶都不和我往來了！這些損失當然要找妳算。」

「是你、是你叫我……」京美怯懦地想辯解，卻因爲太過害怕，連一句話都說不完整。

何安拍拍她的背，「別怕，有我在。」

「是你叫我去抄襲的！」京美像是有了些許底氣，忿忿地喊了出來，

男人卻捧腹大笑，「我叫妳去吃屎，妳怎麼不去啊？這種事怎麼能怪在我頭上？」

何安摸摸京美的頭，「好了，接下來交給我。」

我揚起笑容，當何安這麼說的時候，就代表惹上她的人死定了。

「這位先生，您從剛剛已經觸犯了多條罪名，公然侮辱罪、強制罪、恐嚇罪，爲了免去麻煩，希望您能給我一張名片，屆時我方提告會方便些，不然我也能透過您的租車紀錄追查。」何安說這番話時，語氣依舊溫和有禮。

「提、提告？哼，妳以爲我會怕？李京美因爲抄襲，好幾個合作方要求索賠，這些我都還沒跟她算呢！」男人不甘示弱道。

「我並非威脅您，只是在替朋友捍衛權益，該說的我都說完了，如果您還有其他主張，也請透過法律途徑解決，別私下動用武力脅迫一名女子。」

「今天沒拿到錢，老子是不會走的。」男人態度囂張。

「喔？是嗎？外來者竟然敢在我們部落鬧事！」古馬洛領著一群當地居民聲勢浩大地從後方走過來。

「賤女人，也不想想妳這幾年都是吃誰的、喝誰的，忘恩負義！」男人很快看出情勢不對，虛張聲勢咒罵了幾句便驅車離去。

「好了、好了，大家都散去吧，沒事了！」古馬洛怕京美尷尬，趕緊對那些當地居民說。

一場衝突就這樣落幕。

回到民宿之後，京美把自己關在房間裡，不願出來。

何安難得露出憂鬱的表情，三番兩次抬眼看向樓梯，像是在期盼京美現身。

「小安，妳啊……陷進去了。」我忍不住說。

「什麼陷進去了？」

「妳陷進愛情了。」

她嗤之以鼻，打開冰箱拿了兩罐啤酒，斬釘截鐵道：「不可能。」

「爲什麼不可能？」

「我喜歡她什麼？」

「或許在某個瞬間，妳愛上了她的笑容。」

何安瞥了我一眼，「所以妳也是這樣？在某個瞬間愛上了那個在海灘上遇見的男人？」

我一時不知該如何接話。

「他不好，他有女朋友了。」

「喂，難道暗戀犯法嗎？暗戀只是我自己的事，無關任何人。」

何安抿嘴一笑，「說得好，無關任何人。那我喜歡妳，也無關任何人。」

她突如其來的告白，成了今日連續風暴的最後高潮。

我一點也不驚訝，反而有點生氣。

「何小安，妳只是在自欺欺人。妳不是眞的想跟我告白，妳只是想用這種方式來說服自己並沒有愛上她。」

「我一直都想告訴妳我的心意。」何安微微側過頭，迴避我的目光。

「那是之前，現在不同了。」

樓梯間忽然傳出一陣響亮的碰撞聲，京美不知道是不是踩空了一階樓梯，從上面滾下來。她痛得蜷縮在一角，卻倔強地一聲不吭。

「李京美！妳在幹麼！痛不痛？」何安氣急敗壞地走近她，將她一把抱起。

「放開我！妳都跟別人告白了，幹麼還來關心我！」

「不要亂動。」

京美像頭發怒的小獸，瘋狂捶打何安。何安小心翼翼地抱著她回房，兩人的爭執聲樓下都能聽見。

我嘆了口氣，坐上沙發，拿起桌上的啤酒一飲而盡，感覺生活在蘭嶼最不缺的就是酒，還有夜空中數不盡的星星。

不知爲何，我想起孫夕晨那雙像是藏著星星的眼睛。

我想告訴他我爸的事、何安的事、Kenji桑的事，還有……我的事。

我想讓他更了解我，就像我想了解他一樣。

「這是不對的。」我對自己說。

其實我和何安半斤八兩，都在試圖說服自己不去面對自己的眞心。

沒一會兒，何安下樓來，眼眶微紅。我認識的何安，幾乎從來不哭。

「小安？」我擔心地喚了她一聲。

「小綮，來幫我，我想做點東西給她吃。」

「好……」

過去我一直以爲何安很難對其他女孩用心，顯然京美的出現改變了她。我其實有一點點忌妒，也有一點點羨慕，京美與何安不過相識短短幾天，就在她的心上留下那樣深刻的痕跡。

或許，碰上眞正對的人就是這樣吧，對方不需要在你的生命裡停留太久，就足以永銘於心。

「她喜歡吃辣，但不喜歡吃肉，喜歡吃蝦，喜歡用辣辣的湯配飯。」何安一邊告訴我，一邊從冰箱拿出各式食材。

「妳把京美的喜好摸得很清楚嘛，剛剛幹麼還說那種違心之論。」

何安垂下頭，「她的人生陷入了低潮，我不能讓她的人生因爲我而變得更糟……」

「爲什麼跟妳在一起，她的人生會變得更糟？」

何安拿起菜刀切洋蔥，笑了笑，沒有回話。

我討厭她這樣笑，彷彿她對這個世界無能爲力，所以只好笑一笑，然後若無其事地接受一切她不想接受的。

就像電影《天下無雙》裡，梁朝偉所飾演的那個角色，自卑過了頭，對任何事都不敢爭取，只能深吸一口氣，告訴自己：我不在意，我沒關係。

怎麼會沒關係？

「妳繼續這麼想才是在傷害她！」我脫口而出。

何安吸了吸鼻子，嘟囔了幾句洋蔥的味道眞嗆，才說：「小絮，原來這句話也有從妳口中說出來的一天，明明之前……」

「之前？」

「沒事。我懂了，謝謝妳把我罵醒。」

「妳剛剛說之前我怎樣？」

「沒什麼，快點啦，妳到底要不要幫我做飯？」

「再吵就不幫妳了。」我橫了她一眼。

花了點時間備好材料，接著準備要來煮韓式海鮮辣湯了。

「遇到她之前，我以爲這輩子除了妳，我誰都不會認眞喜歡；遇到她之後，我才明白，什麼才是眞正的心動，眞正把一個人放在心上。」何安忽然說。

「我心裡還眞是五味雜陳啊，以前一直迴避妳的告白，現在卻要聽妳說，妳以前不是眞的喜歡我。」我揶揄她。

何安噗哧一笑，臉上的憂愁總算散了些。

「我第一眼看到她，就對她動心了。」何安把辣椒醬一點一點在湯裡化開，「當時她被我壓在牆上，我胡亂說著醉話，而她用那雙溫柔的眼眸看著我笑，對我說：妳喜歡我呀？我也是。」

「眞像京美的作風。」

「是啊。無論我對她怎麼冷淡，她看著我的眼神從來沒有過猶豫……她讓我可以相信，或許，這次這個人……」

何安話還沒說完，京美就拉著行李走下樓，她的膝蓋和手肘都貼了OK繃，雙眼紅腫。

「妳去哪？」何安連忙過去攔住她。

「我聯絡他了，他現在在門口。」

「爲什麼？」

「我要和他走。」她完全沒有直視何安，簡單地說完就要走。

何安的表情一下子就變了，幾秒前她原本想說什麼來著？她是不是想說……或許京美和其他女孩不一樣，不會圖完一時新鮮就走？

「拜拜。」

「李京美！不管什麼問題，我都可以幫妳處裡！」何安第一次鼓起勇氣擺脫懦弱。

「妳了解我什麼啊？妳什麼都不懂，妳最了解的人只有江雲絮！」京美冷哼一聲，用力甩門而出。

何安好不容易鼓起的勇氣，也在門闔上的瞬間，消失殆盡。

咕嚕咕嚕。

湯滾了。

品嘗的人卻不在了。

一連串夏日風暴席捲，爲人們留下了難以癒合的傷，豔陽無法照亮心中的黑暗，海邊的浪潮聲也只會讓人憂鬱。

何安不知所蹤，她說想散心，別找她。

丹姊和莫哥晚餐時過來一起用餐，餐桌上同時少了何安、京美兩個人，顯得怪淒涼的，我們聊著新聞、聊著時事，誰也沒有開啓不該觸碰的話題。

餐後，我抱著一絲期待，去了那片海灘。

沒遇到孫夕晨，倒是看見明明一個人坐在堤防上發呆。

「妳是……今天下午在Kenji桑店裡幫忙的……」明明先和我打了招呼。

我禮貌一笑，「我叫小絮，妳好。」

「妳好，我叫明明，是Kenji桑的老朋友了。」

我不知道該跟她說些什麼，怕一不小心說錯話，於是選擇沉默。

「我啊……是在地人喔，一個已經完全遺忘故鄉的在地人。」她自嘲地笑道，「小時候的我，一定怎樣也想不到自己會變得這麼白。」

見我一直不說話，明明有點尷尬，「抱歉，我自顧自說這些，讓妳爲難了。」

「我其實有份兼職。」

「什麼？」

我對她眨眨眼睛，微微一笑，「我有份名爲『樹洞』的兼職，妳可以把我當成樹洞，盡情地喊出國王的耳朵是驢耳朵！」

明明一聽，臉上笑開了花，她笑起來像朵燦爛的向日葵，歲月並沒有在她臉上留下太多痕跡。

「在遇到夏蔓瓜以前，我就認識Kenji了。」

我忍不住又笑了，「妳剛剛說妳忘了故鄉，可是卻稱呼丈夫爲夏蔓瓜。」

她一愣，眼眶有點濕，「眞奇怪，我在美國都沒用過這個詞，才回來就自然而然地……」

明明沉默了一會兒，再度開口。

「Kenji……和我很聊得來，雖然那時我們只能用簡單的英文交流，但我們對食物的口味相似、興趣也相似，有時我們可以爲了一處無聊的風景大笑，或是爲了一道大浪而興奮。當時我……眞的很快樂。」

她撿了一顆石頭，往底下沙灘上的水坑一丟，這樣刁鑽的角度，還能讓她丟出兩個水飄，技術相當厲害。

「我父親早就看出我一點也不想留在家鄉，爲了讓我死心，父親要我嫁給部落裡的人，偏偏kenji離開後就杳無音訊，再加上他離開前還說蘭嶼太熱了，我以爲他不會再來了。剛好那時有個外國遊客瘋狂追求我，還向我求婚，我像抓住救命稻草般私自答應了婚事，與父親徹底鬧翻，我幾乎斷了自己所有的後路，只爲了能離開蘭嶼。」

人生很難沒有錯過和遺憾，而這往往會折磨自己一輩子。

我看著明明悵然的側臉，心裡很替她難受。

「我英文不好，國外的生活也不如我先前想得美好，他們很排斥亞洲人，我丈夫卻無法體會我的心情。他出身富豪世家，家族成員眾多，每個月都要舉辦一場派對，社交舞跳不好會被笑，講錯話也是。我需要學習很多我其實沒興趣也不喜歡的新事物，日復一日下來，我被折騰得漸漸遺忘了很多東西，忘了蘭嶼、忘了家、忘了自己。」

很多年輕人都曾經渴望逃離家鄉，好不容易去到外面的世界之後，卻發現一切並不若想像中美好，莫哥是這樣，明明也是。

「我丈夫不喜歡女孩子曬黑，他希望我端莊賢淑，能帶得出門，而我說英文有口音，他要求我除非必要，否則不要隨便開口。」明明的目光注視著遙遠的海面，語氣平淡無波，「這次回來，是因爲……我離婚了，我已經在高雄找到工作，在開始新生活之前，想回家看看。」

「妳……還喜歡Kenji桑嗎？」我小心翼翼問。

一陣海風吹來，將明明的表情掩藏在她紛亂的髮絲底下。

「我不知道我還有沒有資格喜歡誰，在這之前，我想要先找回自己。」

我忽然懂了，爲什麼Kenji桑只和她聊了一下下就結束，看到這樣遍體鱗傷的明明，Kenji桑肯定沒把自己的心思告訴她，他不想再往她身上添加任何壓力。

「妳吃過女人魚了嗎？」明明忽然問我。

所謂的「女人魚」，並非單指某種魚。達悟人將魚依肉質、外型分成數類，其中女人魚肉質鮮美細嫩，適合所有人食用。

「嗯，民宿老闆常準備給我們吃。」我點點頭。

「我在國外吃過一次進口飛魚乾，很不好吃，可我回到蘭嶼之後，反而不敢吃了。」

「爲什麼？」

「我怕我吃不出熟悉的味道。」明明說完站起身，拍了拍身上的沙子，禮貌地向我道謝，「謝謝妳聽我說了這麼多，我感覺好多了。」

「沒事，我是樹洞啊。」

她輕輕一笑，踩著優雅的步伐離開。

明明應該與過去的她判若兩人吧，至少就我這段時間生活在島上的觀察，當地人從來不在意沙子沾黏在身上。

「唷，樹洞小姐，現在也開放服務一般民眾了啊？」堤防下方傳來熟悉的嗓音，我定睛一看，只見孫夕晨笑嘻嘻地坐在下方的石塊上，也不知道偷聽多久了。

「我才想著怎麼沒遇到你，原來你一直悄悄躲在底下偷聽！」

「冤枉啊！我原本只是坐在這裡聽海浪的聲音，誰知道妳們會在上面聊了起來！」

我拿起幾塊石子往下扔，他靈敏地左躲右閃，最後逃到沙灘上去。

「江雲絮！下來啊，今天的海水很涼快！」他笑著對我大喊。

一見到孫夕晨，好像所有的煩惱都不再重要，連我的心跳會不會失速也不重要。唯一重要的是，我喜歡他對我笑的樣子。

我緩緩朝孫夕晨走近，他一臉得意地指著被遺留在沙灘上的兩套潛水裝備，「不知道哪個白痴，居然忘了把裝備拿去還，我們來浮潛吧。」

「……你這貪小便宜的習慣能不能改改？」

「有什麼關係，等等再把裝備放回原位就好啦。」

「我不要，呼吸管上有別人的口水！」我立刻拒絕。

他撿起其中一條呼吸管，張口就含住吹嘴，含含糊糊地說：「喏，現在上面的口水不是別人的了。」

「你、你難道不是別人嗎！」我大驚失色。他到底在想什麼啊，這樣不就是間、間接接吻了嗎！

「我不是別人啊，我是孫夕晨。」他看著我的眼睛亮晶晶的。

我瞪著吹嘴，心中一陣天人交戰。

「妳快點，再晚一點連夜潛都不適合了。」

耐不住他的催促，我接過呼吸管，他不由分說便拉著我要下水。

「看妳要抓泳圈還是抓我的手，害怕的話就抓我的手。」

我又再次抵擋不住惡魔的誘惑，選擇了後者。

一下下就好。

孫夕晨的女孩，對不起，借我牽一下下他的手就好。

他一手牽著我，一手拿著手電筒，領著我潛入海裡。

由於手電筒只有一支，我眼前的視野受到限制，他很快察覺這一點，用力一拉，讓我來到與他並肩的位置，我們不僅手牽著手，連肩膀都若有似無地觸碰著彼此。

我緊張到亂了呼吸，連忙浮出海面。

「怎麼了？抽筋了？嗆到了？」他跟著浮出海面，關心問道。

都不是，傻瓜。

我是因爲你而無法好好呼吸。

「今晚的星星眞美。」

夏目漱石用「今晚的月色眞美」這句話來婉轉地傳達愛意，那我就用星星吧，不過我沒有期待孫夕晨能領會其中含意，我只是爲了自己而說。

「妳來蘭嶼這麼長時間了，還看不膩啊？」孫夕晨不解地仰望夜空，「海底不是比較美嗎？」

「嗯，所以繼續吧。」

重新潛入海裡，約莫過了半個小時，我們才返回岸上，躺在沙灘上休息。

我們誰也沒說話，氣氛卻不顯尷尬，這種相處模式……我很喜歡。

斜眼望過去，我才發現孫夕晨又睡著了。

「到底是有多累啊……這樣也能睡。」我噗哧一笑。

我坐起身遠眺海面，夜晚的海風吹拂在身上很舒服，也難怪孫夕晨會睡著了。

不知道過了多久，孫夕晨忽然小聲喚我，「江雲棨。」

「你醒啦？」

他維持著躺姿，半睜開眼看我，「我又想起她了，剛剛做了一個夢，夢裡有她。」

「……是嗎？」我嘆了口氣，「算了！你說吧，反正我今天也不差再多一件煩心事。」

他很快也坐起身，有些擔憂地問：「妳今天怎麼了嗎？還有……難道聽我說她，會讓妳覺得煩？那我……」

「停！我不是那個意思。只是今天真的發生太多事了。」

「那我聽妳說。」

「不要，我現在……還沒辦法把那些事整理好，你說你的吧，我就當成睡前故事聽聽。」

「妳眞是善變。」

我抿唇一笑，「喂，你現在才發現？」

「不，我很早就發現了。」

噗通。

糟糕，我今天好容易心跳加速。

我不想再直視他的雙眼，都怪那雙眼睛太好看，才會讓我……

我側耳聽孫夕晨說起他和女孩的過去，他的聲音也很好聽，很適合在安靜的夜裡聆聽。

女孩的二十九歲生日即將來臨，此時兩人已經同居好一陣子了，孫夕晨想爲她慶生，女孩卻怎麼樣都不肯。原來女孩自覺就快三十歲了，卻好像還是一事無成，找不到未來的方向，也不知道自己喜歡什麼，於是陷入了恐慌。

「那簡單啊，從明天開始，妳每個月去學一樣才藝，一定會找到妳喜歡的。」他提議。

「我這個年紀還去學才藝？也太晚了吧。」

「怎麼會晚？如果妳很有天分，花個十年琢磨，四十歲以後就能有一技之長啦。」

「四十歲？天啊……好可怕，我怕自己到了四十歲還是這麼沒用。」

「傻瓜，妳再怎麼沒用，也還有一個我啊。」

後來女孩決定報名繪畫課，她認為自己多少有點藝術天分，一個月的課程結束後，她興高采烈地把作品帶回家給他看。

「哈哈！妳畫的是什麼啦？比畢卡索還抽象耶！」

「你懂什麼！我、我這是……啊！行動畫派。」她得意地說出她在課堂上學到的繪畫流派名稱，卻讓他更笑得停不下來。

女孩為此悶悶不樂了一整個下午，他哄了好久，她才願意和他說說那幅畫裡都畫了什麼。

孫夕晨拿起旁邊的枯枝，一筆一筆在沙灘上重現那幅畫。

「她說以後想和我住在一棟鄉間的木屋，各自擁有一間書房，這樣她不想看見我的時候，才有地方去。她想養一隻狗和一隻貓，因爲我喜歡狗，她喜歡貓，而她的貓一定能打贏我的狗。木屋外面有一片寬闊的庭院，我們可以躺在庭院的草地上看一整夜的星星，直到天亮，再掛著黑眼圈去上班，所以那張畫裡的我們，眼睛底下都是黑的，是不是很好笑？」他說著說著，又笑得不行。

要不是有孫夕晨的解說，我還眞看不出那些線條代表著什麼。

「她還眞是沒有藝術天分，卻偏偏宣稱自己在這方面很有才華，足足上了三個月的課才放棄。」

「聽上去你們不是同居得很順利嗎？爲什麼會沒辦法見面？」

他垂下眼，「我之前不是說了嗎？她現在在一處離我很遠的地方。」

「那後來呢？她對未來的恐慌解決了嗎？」

「嗯，解決了。」孫夕晨似乎不願再多說，話峰一轉，「妳呢？妳的煩惱解決了嗎？」

「解決不了。」我無精打彩道。

大概也看出我無意多談，孫夕晨站起身，「回去吧，妳看起來很累了。」

「嗯。」

次日，何安像個沒事人一樣，該吃飯就吃飯，該上班就上班，她把情緒都掩藏起來，像過去一樣。

她拒絕別人的關心，也不想聽到關於京美的任何事，只是在餐廳空閒的時候，她幾次站在置放明信片的小郵箱前，盯著小郵箱出神。

接近傍晚時，她忽然打開小郵箱，把裡面的明信片統統拿出來。

「小安，那是京美寫給客人的……」

「我知道，我就看看。」

裡頭約有將近二十張明信片，上面的字跡有英文，也有日文，沒想到京美竟然會那麼多語言，何安一張張看過，挑撿出其中幾張。

「爲什麼要把那幾張挑出來？」我不解。

「這幾張是她寫給自己的。」

有些人喜歡在旅行途中寄明信片給自己，除了留念，也能在回去之後，回憶起當時的心情。

京美總共寫了五張明信片給自己，內容都很簡短。

「認識了一個特別喜歡僞裝自己的人，和我很像，我們都活在保護色底下。」

「眞正的她其實很溫柔可靠，她喜歡著另一個人，我有點羨慕，希望她偶爾也能把目光放在我身上。」

「我眞矛盾，當她終於願意看向我，我卻害怕了。眞實的我很糟糕，是個爛人，連我都討厭自己了，她在看清我是什麼樣的人之後，肯定會失望離開。」

「我向她透露了一些不堪的過去，她對我的態度卻絲毫未改。她和我一點也不像，她是個笨蛋，才會想要靠近我這種人。」

「神啊，可不可以借我一點力量？我好想一直待在她身邊，卻沒有勇氣告訴她所有的事，也沒勇氣讓骯髒的自己，赤裸地站在她面前。她一定會討厭我的。」

「我大概……懂了。」何安把這幾張明信片小心疊好，宛若對待什麼珍貴的寶物。

「小安、小絮，可以下班囉。」丹姊從廚房探頭說。

「好！」我才剛回完話，就見何安已帶著明信片走出餐廳，我連忙追上她，「妳打算怎麼做？」

「上面不是有她的地址嗎？當然是寫信給她。」

「變怎樣？」

我終於放下心，由衷笑了出來，「小安，妳眞的變了。」

「不再把所有的感受封閉在心裡。」

「妳也變了啊。」何安也笑了。

「變怎樣？」

「好像不太害怕愛與被愛了。」

我頓住步伐，轉頭望向被夕陽映照得波光燦爛的海面，半晌後才低聲說：「我還是會怕，只是想珍惜當下。」

始終未聽見何安接話，我疑惑地回過頭，卻發現何安早就不見蹤影，這個見色忘友的傢伙，居然留我在這裡自說自話。

藍波爺爺悠悠地從餐廳走出來，「妳今天早上沒來練習！」

「昨、昨天發生的事情太多，我太累了嘛。」

「哼！無心學習就滾！」

「我現在就去練！」

我趕緊奔回民宿拿好裝備，此時何安正低頭坐在餐桌旁寫明信片，神情溫柔，像是在寫一封情書。

希望京美能順利收到何安的信，也順利收到何安的心意。

千萬不要像Kenji桑和明明一樣，錯過了彼此。

我扛著浪板走到海邊，沒瞧見孫夕晨，心裡有點失望。我趴在浪板上拚命往外划，來到接近外海處，忽然看見孫夕晨正搭上眼前一波中浪，他下浪的時機很不錯，眼看就快要能起乘。

有那麼零點零一秒，我向神明祈禱，希望他失敗。

嘩啦！

他的浪板翻覆了。我一顆懸起的心，也稍微放下。

待他重新浮出水面，我故意調侃他，「孫夕晨，你很遜欸，看來我很快就要超越你了。」

他卻無比認眞地說：「不，要不了幾天，我就能成功了。」

「……是喔。」

「那妳呢？準備認輸了？」

「才不！我江雲絮要做的事，不到最後絕不放棄。」

「那妳加油啦。」

他再次划水追浪，我不甘示弱地追在後頭，心中充滿了強烈的勝負欲。

我想贏，我想問他那個問題。

第四章　起乘

這世上沒有誰能眞正能懂誰。

我們總以爲自己能懂得一些人，直到某一天，才發現誰也不懂誰。

就像我以爲我懂何安，何安以爲她懂京美。

就像我以爲莫哥和丹姊鶼鰈情深，永遠不可能吵架，沒想到兩人這天就在餐廳裡大吵特吵了。

丹姊氣得拿起餐廳的碗盤往地上砸，莫哥也沒打算阻止她，還在一旁火上加油，「妳砸啊！砸啊！全都砸光了，餐廳也不必開了，我們一起喝西北風。」

「哼！我當初就不該跟著你來這！就不該嫁給你！」

「好啊，妳可以滾啊，我有沒有妳都沒差。」

兩人一來一往的唇槍舌戰愈罵愈難聽，雖說吵架沒有好聽話，但繼續這樣下去，他們在氣頭上恐怕會更加口不擇言。

「眞的沒差嗎？不對吧，沒有我、沒有小安每年爲你介紹人脈，你這裡做得起來？」

莫哥雙唇緊抿，這句話顯然戳到了他的痛處。

他低聲說：「不要再說了。」

「爲什麼不？我偏要說！去年小安帶了旅遊記者來，那陣子賺到的錢，還有今年飛魚季賺的錢，你統統都賭光了！我能不氣！」

「我說不要再說了！小絮還在這！」莫哥這一記怒吼，把丹姊和我嚇了一跳。

丹姊吶吶地說：「抱歉。小絮，妳先回去吧，順便通知小安，我們今天不營業。」

我點點頭，從這尷尬的場面中離開。

難怪俗話說家家有本難念的經，不管一對夫妻人前再怎麼恩愛，人後還是有不足爲外人道的陰暗面。

何安也有很多我不知道的事，我沒想到她和莫哥那麼熟，也不知道她人脈那麼廣……還有那個兔子木雕鑰匙圈……

可現在不是想那些的時候，莫哥和丹姊吵成這樣，該怎麼讓他們冷靜下來？

「我就知道，果然又吵了。」慢我幾分鐘過來的何安，在停車場就聽見了裡頭的爭執聲。

「他們吵得好凶，怎麼辦？」

「不怎麼辦，這是他們發洩情緒的方式。」她擺擺手，「去Kenji桑的店吃點東西，然後回民宿吹冷氣吧。」

「什麼？就這樣放著不管嗎？」

「小絜，夫妻之間有太多事可以吵了。兩個人朝夕相處一輩子，要忍耐包容的事很多，久了就需要像這樣吵一吵，日子才過得下去。」

「講得像妳結過婚似的，妳又知道他們的相處模式就是這樣了？對了，那個木雕鑰匙圈呢？妳不是拿走了嗎？」

「喔……那個啊，我看著覺得可愛，妳又對它沒什麼印象，所以……」

我停下步伐，何安也停下了，她側過臉，似乎不太願意看我。

「妳明明對那種東西沒興趣。」

「我變了，這五年我變了很多。」何安笑了笑。

「妳確實變了，有時候我都覺得自己像是不認識妳了。妳說妳要寫信給京美，結果妳做了什麼？妳昨天整晚都沒有回房，妳和另一個女生睡在二樓轉角的房間；妳說妳會對我坦承，卻一直在欺騙我。妳老實告訴我，我是不是根本沒有昏迷五年？」

人一旦起了疑心，便能發現許多過去沒注意到的蛛絲馬跡。

昨晚我把自昏迷醒來後所經歷過的一切、何安對我說過的每一句話，都仔細回想了一遍，愈想愈覺得不對勁。

我定定地看著何安，「如果我真的昏迷了那麼久，不可能那麼快出院，更不可能在恢復意識當天就能自己下床去廁所，我雙腿的肌肉完全沒有萎縮。」

過去或許是因爲我潛意識想逃避，所以對諸多不合情理的事視而不見，更不去細想。況且我相信何安不會害我，她這麼對我說，一定有她的理由。

但我開始看不懂何安了，我以爲她很在意京美，昨晚她卻做出那番令人不解的行徑，我好像無法再繼續不問緣由地相信她了……

何安沉默半晌，緩緩吐出一口長氣，「我不知道要說什麼。」

「什麼叫做妳不知道要說什麼？請告訴我眞相！這樣欺騙我很好玩嗎？」

「好玩？江雲絮，妳什麼都不懂，妳知道這陣子以來我有多累、多痛苦嗎？」何安大吼，表情帶著幾分猙獰。

這是她第一次對我完全展露她眞實的情緒。

「妳不說，我怎麼知道妳在痛苦什麼？」

「反正妳自己都想不起來，告訴妳又有何意義？」

何安最擅長用這種語帶諷刺的方式和人吵架，我瞬間怒火中燒。

「這樣啊，那就算了。」我氣得轉身就走，想著要不要趕快收拾行李，搬去其他民宿，就此和何安形同陌路。

何安剛剛沒有否認，代表我的猜測沒錯，我可能確實昏迷了一段時間，但絕對不是五年。

可是，爲什麼我對那五年一點記憶都沒有？那五年發生了什麼事？我過著什麼樣的生活？有過快樂嗎？還是……

頭痛又開始了，像是在阻止我想起某些事。

我獨自走到Kenji桑的店，大老遠就能聞到咖啡的香氣。

到了門口，卻發現許多要租借浪板的遊客，一臉不高興地離開。

「搞什麼啊！哪有人開門還不做生意的。」

「怎麼辦啦，誰叫你找這間！」

「google說這裡評價最好啊！」

我連忙走進店裡，只見站在吧檯裡的Kenji桑正專注地煮著咖啡，桌上一字排開擺了十幾杯咖啡，不知是何用意。

藍波爺爺端起其中一杯喝了一口，撇撇嘴道：「這麼苦的東西有什麼好喝，還不如調杯『土石流』。」

「那個我不會。」Kenji桑從磨豆機中抬頭，看來他並非處於拒絕溝通的狀態。

「既然小絮也來了，我就調給你們喝吧，Kenji你暫停一下，挪點位子給我。」

看得出Kenji桑很不樂意，只是藍波爺爺都發話了，他也不好違背，只得讓出吧檯，悶悶不樂地瞪著那十幾杯咖啡。

「為什麼要煮那麼多咖啡啊？」我試探地問。

「我在找一種味道。」Kenji桑嘆口氣，「一種喝得出夏天的味道。」

「爲什麼？」

「我想幫助某個人想起夏天，就像妳幫助我想起味噌湯的味道一樣。」

我知道他說的那個人是誰，他在說明明。

可是Kenji桑眞的明白她失去的是什麼嗎？

我們時常會將自以爲是的想法強加在別人身上，但那眞的是對方想要的嗎？就像何安，她根本沒想過隱瞞我眞相，只會讓我更難受，儘管她自以爲這麼做是爲了我好。

藍波爺爺又端起幾杯咖啡分別試喝了幾口，就把剩下的咖啡全倒進果汁機，接著加入小米酒、鮮奶和很多很多的冰塊。果汁機發出刺耳的喀喀聲，沒一會兒，三杯帶著泥土色澤的咖啡冰沙就完成了，難怪會取名爲「土石流」。

我和Kenji桑互看一眼，誰也沒想先喝。

倒是藍波爺爺一下子飲下大半杯，隨即皺眉抱怨：「哎呀！喝太快了，頭好痛！」

我喝了一小口，舌尖嘗到小米酒的香甜，並融合了咖啡的微苦和牛奶的溫潤，味道極好，讓人不知不覺就喝完了一整杯。

「哼！剛剛還一臉嫌棄，我可不會再調，想再喝也沒了。」

藍波爺爺動作俐落地整理好吧檯，我看得有些出神。

「看什麼看？」藍波爺爺瞪了我一眼。

「您以前是不是當過酒保？」

「我怎麼可能去做那個！妳腦子熱壞了？」

Kenji桑也稱讚，「確實很好喝，比例調得眞好。」

「是一個朋友教我的，一個不懂規矩的觀光客。」藍波爺爺撇了撇嘴。

「所以他到底是您的朋友還是……」我插話。

「閉嘴！他什麼也不是，他的靈魂早就獻給大海了。」藍波爺爺眼神有點複雜，像是藏著一抹哀傷，「所以臭丫頭，妳不要以爲妳現在很熟悉海流就掉以輕心，要是碰上離岸流……弄不好會沒命的。」

「可是我看有些人會利用離岸流把自己帶到外海，這樣就能偷懶不用划水。」

我馬上被藍波爺爺用力敲了下頭，他嚴厲道：「我沒在跟妳開玩笑，被我發現妳亂來，一輩子妳都別想在這兒衝浪。」

說完，他竟然連浪板都忘了拿，就氣沖沖地離開了。

「妳還好吧？剛剛那一下應該很痛。」Kenji桑尷尬一笑。

「沒事，我猜藍波爺爺一定有屬於他的悲傷吧。」

Kenji桑愣了愣，「妳變了呢。」

「我？」

「嗯，變溫暖了。」

「有多溫暖？」我促狹地望著他。

他差點沒被冰沙嗆到，「呃……六十度？」

「是喔，那你對明明的心意又是幾度呢？」

他垂眼看了看滿桌的咖啡，微微一笑，「我想，我會永遠維持一百度。」

眞甜。

但一想到明明的心境，我又覺得心酸了。

這兩個人九年前已經錯過一次，而這一次……感覺他們的緣分，還是沒來。

「對了，我可以去二樓吹冷氣、趴在桌上睡個覺嗎？還是我可不可以在這住一晚？」我問Kenji桑。

「妳要住在這兒？」裝扮優雅時髦的明明恰巧走進店裡，表情很吃驚，Kenji桑則有點無措。

「我和朋友吵架了，在尋找新的住處。」我趕緊解釋。

「那好辦，妳來和我一起住。」明明笑道，「店裡的咖啡香好濃啊，大老遠就聞到了。」

Kenji桑躲回吧檯裝忙，故作若無其事地問：「今天怎麼有空來？」

「我現在很閒啊，每天都有空，倒是你說好要和我吃飯，怎麼沒來約我？」明明調侃他。

「我……明天應該有空。」

「那明天晚上七點，我想去吃海鮮。」

「好、好！」Kenji桑答得結結巴巴，把明明逗笑了。

她把話題轉回我身上，「走吧，我先帶妳去我住的地方，拿把鑰匙給妳。」

「謝謝。」我很感激明明願意收留僅見過幾次面的我，我現在眞的不想回去莫哥的民宿。

出了Kenji桑的店，明明邊走邊跟我說：「要走一段路喔，我住在朗島部落。」

「朗島部落？」

「就在島上的北端。」

我忽然停下步伐，囁嚅道：「不好意思，我……還是不去了。」

「爲什麼？」明明脫口而出，似乎有些著急。

「我不想離這片海岸太遠，有個我很想見到的人，他每天會在黃昏的時候過來這裡衝浪，我……」

「妳喜歡那個人。」明明溫柔地笑了，「知道了，那妳去借住Kenji桑的二樓吧。」

我偷偷觀察她的表情變化，「妳是不是擔心我對Kenji桑心懷不軌？」

「怎麼可能！」明明緊張地提高音量，臉上的紅暈不知道是熱辣的太陽所致，還是爲了其他原因。

看來儘管她的心境有了很多變化，但她和Kenji桑或許並非全然沒有機會。

回到Kenji桑的店裡，我向Kenji桑表明還是希望能借住在樓上幾天，他爽快答應，隨後繼續埋首研究咖啡。

依著Kenji桑的指示，我在二樓的角落找出一張行軍床與一條薄被，很快睡了過去，直到接近黃昏時分才醒來，夕陽斜斜照進屋裡，我忽然感覺有點寂寞。

走到窗前望向那片海灘，我企圖找尋孫夕晨的身影，找了半天，最後發現他躺在沙灘一隅呼呼大睡。

這個人爲什麼那麼喜歡在戶外睡覺啊？

我還是去找他了。

我像是中了召喚咒語，只要他一出現，我就不受控制地想要走向他。

「孫夕晨。」我走到他身邊蹲下，輕喚他的名字。

「爲什麼哭了？」他依舊閉著眼睛。

「我哪有。」

「妳的聲音聽起來很不開心。」

「我怕自己快要輸給你了。」

「騙人。」他睜開雙眼看我，「眞不公平啊，我和妳說了那麼多我的事，每次提到妳的事，妳卻總是輕描淡寫帶過。」

「你……想知道我的事？」

他肯定地點點頭，「當然想！」

我不知所措地別過目光，在離他有段距離的位置躺下，他起身想躺到我身邊，我立刻阻止他，「別躺過來，我們的關係又不好。」

「哪裡不好了？」他抗議道。

「只有男女朋友才能說是關係好吧？所以我們關係不好。」

這句話很有用，孫夕晨安靜地躺回原位，我側過身看向他，見他表情帶著惶恐，內心覺得有些好笑。

「喂，別露出那種表情，輪到我說我的事給你聽了。」

他也側過身看我，我們隔著大約兩公尺的距離目光相接。

我把自己失去了五年記憶、何安騙我說我車禍昏迷了五年的事，以及何安、京美、莫哥、丹姊、Kenji桑、明明的事，全都鉅細靡遺地告訴孫夕晨，說完天色已經完全黑了，然而即使光線昏暗不明，我還是能看見他那雙晶亮的眼睛。

「我不同意。」孫夕晨忽然說。

「啊？」

「妳不要睡在Kenji桑的店裡。」

「他喜歡的人不是我，我很安全啦。」

他霍地站起身，以迅雷不及掩耳的速度走過來，雙膝跨在我身側的地上俯下身，雙手壓在我的耳側，目光如炬地望著我，「妳對男人要更有警覺心些，要是他突然這樣的話，妳怎麼辦？」

「我……我……」我一句話也說不出來。

他很快回到原本的位置躺下，淡淡地說：「男人很危險的。」眞正危險的是你吧，我差一點就無法呼吸了。

「我知道了。」我悶聲答道。

「妳嘴巴上說知道，會不會照做又是另一回事。感覺妳應該是那種一吵起架來，絕不輕意示好的類型。」

「雖然認識的時間不長，但你還算是滿了解我的嘛。」

他坐起身，視線落向海面，「妳知道起乘爲什麼這麼難嗎？」

「爲什麼？」

「人們愈靠近成功，就愈容易害怕，也愈容易急切，心態一不穩，站起的雙腳也會不穩，自然容易從浪板上翻落。」

「你也是這樣失敗的？」

「嗯，妳現在也是。」他輕輕一笑。

我無法理解孫夕晨這句話是什麼意思，只爲他的笑容目眩神迷，他笑起來眞的很好看。

「妳站得太急了。」他說完便拿著浪板走入海中。

「喂！孫夕晨，沒有手電筒你也敢下海！回來！」我緊張得跳腳，但他的身影瞬間隱沒在夜晚的漆黑裡，「孫夕晨！孫夕晨！孫夕晨！」

我不停對著海面高喊他的名字，喊了半天，他才終於返回岸上，張嘴吐了一口水出來。

「喂！妳喊成那樣像招魂似的，是想讓我笑到嗆死啊。」

「因、因爲你這樣很危險啊。」

「我只是想感受一下海水的涼意，順便讓自己清醒。」

孫夕晨撈起一把水潑向我，我不甘示弱地反擊，一來一往間，我很快被潑了一身濕，心情卻暢快許多。

「你說，我在那五年裡做了些什麼？有沒有愛上誰？還是……其實我那段時間活得很糟糕？那些記憶會不會就這樣消失了？」

孫夕晨費心用沙子堆起一根沙柱，下一秒卻抬手將沙柱攔腰摧毀。

「那些記憶只是被埋藏在妳的內心深處，不會消失的。」

「如果永遠都想不起來呢？那我該怎麼辦？」

「妳哪那麼多庸人自擾，搞不好妳當時遇到了一個渣男，經歷過許多傷心，現在全都忘了豈不是很好？」

我垂眼看著自己的腳趾頭，並不同意他的觀點。

「如果我很愛他，就算他是個渣男，我也不想忘記自己愛過他。」我小聲說。

就像儘管注定是場無望的單戀，我也不想忘記自己喜歡過孫夕晨。

「妳眞傻呢。既然妳的朋友選擇瞞著妳，那段過去應該沒有多愉快吧。」

「我知道，我一直都知道小安之所以那麼做，是爲了保護我……」

「那妳還跟她生氣？」

「我就是氣，該不該遺忘那些過去，應該要交由我自己來決定。」

孫夕晨噗哧一笑，「我還眞沒遇過像妳這麼較眞的人，但妳這樣反而好。」

我又開始心跳加速了。

每次他一誇我，我就會心跳加速，眞糟糕。

他用沾滿沙子的手，摸摸我的頭，「趕快回去吧，她一定在等妳。」

「她大概又出門喝酒狂歡了吧。」我無精打采道。

「妳沒回去看看怎麼知道？」

「欸，你的手很髒。」

他一聽，居然變本加厲地把沙子全抹在我的頭髮上，我氣得想打他，他卻一溜煙地跑開了。

「孫夕晨！你給我站住！」

「乖乖站住被妳打嗎？我先走了，妳也快回去吧，拜拜！」

我沒好氣地瞪了他逐漸遠去的背影一眼，轉身慢慢往民宿的方向走，每一步都走得很沉重。

回到民宿打開門，屋裡一片漆黑，我還來不及開燈，就聽見何安的聲音在客廳響起。

「回來了？」

我遲疑了一下，按下電燈開關，何安直挺挺地坐在沙發上，顯然是在等我。

「嗯。」

「吃了嗎？」她問。

「還沒。」

「那我把晚餐熱一熱。」

她的若無其事，她的關懷，都讓我更加彆扭。

「小絜，在妳自己想起來之前，我什麼都不會說。」

「爲什麼？」

「醫生這麼建議的。」

「如果我一輩子都想不起來呢？」

何安轉過頭，對我露出一抹溫柔的笑，「那我就帶著妳的祕密過一輩子。」

「……妳真傻。」

「丹姊和莫哥和好了，他們今天也會睡在二樓。」

「這樣啊。」

「昨天那個女生是小有名氣的YouTuber，我請她讓我加入影片拍攝，看能不能讓京美看到那支影片。」

「……這樣啊。」我訕訕地說。

何安雙手環胸，定定地望著我，「妳沒有什麼要對我說的嗎？」

我迎向她的目光，眼眶一陣酸澀，「對不起，謝謝妳。」

她張開雙手，我立刻撲進她的懷抱。

何安是我最好的朋友，一直都是。

又有人乘著離岸流漂去外海了。

看來那種行爲應該沒藍波爺爺說得危險，只是他怕我控制不好浪板，才恐嚇我不可以那麼做。

今早起床後，我感覺神清氣爽多了，或許是與何安言歸於好的緣故。儘管我還是想不起那五年發生了什麼事，但一時也莫可奈何，乾脆去海邊練習衝浪。

學了好一段時間，我現在已經能大概分辨出外海的浪漂不漂亮，今天浪況不錯，說不定有機會能成功起乘。

我熟練地潛越過每一道浪，沒有費太多力氣就來到外海，大家一看到好浪，全都一一撲過去，我選擇等待適合我的那道浪出現。

一道三呎左右的浪來了，我快速划過去，不讓其他人搶先占了位子，我壓下板頭、抓緊浪板，深吸一口氣，心裡很緊張。

當我成功站立在板上，我興奮得只差沒放聲尖叫。

這次的成功只維持了幾秒，浪板就翻覆了，我摔進海裡，即便理智上知道不能驚慌，還是忍不住在海裡胡亂划動雙手。

一雙強而有力的手從背後托著我浮出海面，我氣喘吁吁地回頭望去，只見藍波爺爺板著一張臉，表情非常嚴肅，他一定是生氣了。

「藍波爺爺……我……」

「海流變了，妳又沒注意。不怪妳，妳剛剛下浪的時機沒有錯，不過妳興奮個啥勁！如果不是妳太過興奮，妳能站在浪上久一點。」

「好，我已經抓到一點訣竅了，站上去的那幾秒，感覺眞的很好。」我點點頭。隔著浪板，腳底猶能感受到海浪的波動，那種感覺太奇妙了。

「今天海流的變化太快了，妳還是先回岸上吧。」

我總覺得藍波爺爺的眼神籠罩著一層陰霾，我不敢忤逆他，順從地跟著他返回岸上。我們一起坐在沙灘上休息，好一會兒誰也沒說話，藍波爺爺眼望海面，竟似是出了神。

「藍波爺爺，教你那杯特調的朋友，他是什麼樣的人啊？」我主動開啓話題。

「哼！就是個傻子！」

「傻子？」

「那傻小子差不多半年前來的，說蘭嶼的浪好，要在這裡練衝浪，他待了一個禮拜……妳那是什麼臉？」

「不、不是……我本來以爲對方是您很重要的朋友，或者是難忘的初戀情人之類的，呵呵。」

「妳這丫頭胡說什麼！我早就結婚了，兒子年紀都比妳大！」

「咦！」原來藍波爺爺有妻有子啊，我還以爲他是獨居老人。

他瞪了我一眼，繼續說道：「那小子很皮，可是卻很眞，從他的眼神就能看出來。他在其他部落學了『土石流』特調，就來我面前獻寶，哼！也不想想我以前調的酒比他吃的鹽還多，土石流是什麼我會沒喝過嗎？不過他調的那杯確實不一樣。」

藍波爺爺這番話裡的資訊量實在太多了。所以藍波爺爺以前也當過調酒師？若不是此刻他說起那個人的表情，帶著明顯的感傷，我早就舉手發問了。

「他選了帶有苦味的咖啡豆，還加了鹽巴，喝下去帶點淡淡的苦鹹味，和海水的味道有幾分相似。這些變化是他自己想出來的，妳說他是不是很聰明？」

「能讓爺爺您這樣誇獎，肯定聰明了。」我誠心誠意地說，相較之下，我就老是挨藍波爺爺的罵。

「他就是太聰明了，才會那麼早就被老天收回去吧。」藍波爺爺嘆了一口長長的氣，「他真不該來這裡的。」

「他是被離岸流給害死的嗎？」我小心翼翼地探問。

「是啊，聽說他是下浪的時候被捲進離岸流，頭撞到岩石暈了過去，就……就走了。」

「海流……真可怕。」

「不是海流可怕，是人的執著可怕。那天他本來預定晚上搭機離開，在明知浪況很不好的情況下，還堅持下海，怎麼講都講不聽！」藍波爺爺語帶責備與痛惜，但他責備與痛惜的那個人已經不在了。

「我會乖乖聽你的話，遠離離岸流的。」

「知道就好！明天再繼續好好練！」離開前，他依照慣例又敲了我的頭一下。

我吃痛地揉揉頭頂，藍波爺爺這是什麼壞習慣啊，他是敲我的頭敲上癮了嗎？

回到民宿，看著一桌豐盛的台式早餐，我的肚子立刻咕嚕咕嚕叫了起來。

「小絮，回來啦，快來吃飯。」丹姊滿臉堆笑，看上去心情很好。

莫哥也從二樓下來，一看見丹姊就笑嘻嘻地說：「木南瓜，早。」

「早，夏蔓瓜。」丹姊也深情地望向莫哥。

「丹姊，妳看小絮的表情，她昨天果然被你們嚇到了。」何安打趣道。

「哎唷！小絮，別怕、別怕，我們都這樣，吵完就好了。」丹姊拍拍我的手臂。

「是啊，總要把問題挑明了說，日子才過得下去嘛。」莫哥一說完，馬上接收到丹姊銳利如刀的目光，連忙噤聲。

「那今天餐廳還營業嗎？」我問。

「當然啊。」丹姊點頭。

「可是碗盤都……」

「哈哈！倉庫裡還有好幾箱呢，早就有準備了啦！啊！」莫哥被丹姊用力踢了一腳，慘叫出聲，不敢再多言。

我忍不住噗哧一笑，看見莫哥和丹姊恢復以往的恩愛，我很替他們開心。

每個人都有缺點，要包容對方的缺點過一輩子並不容易，然而在日復一日的相處與磨合之下，那些缺點似乎也能漸漸變得可愛起來。

大家的人生都在往更好的地方前進，我不想再放任自己的人生渾渾噩噩下去。

「小安，我是怎麼失憶的？我眞的有出過車禍嗎？」

何安正好端起只剩幾口白粥的碗湊近嘴邊，她頓了頓，把剩下的粥喝完才說：「小絜，妳眞的出過車禍，不信的話，妳看看腳踝上的疤，裡頭的鋼釘明年還要開刀取出來。」

對，我的腳踝上確實有疤。

「我什麼都想不起來，才會亂猜。」我苦笑。

「小絜，別急，想不起來也沒關係，一直留在這裡打工換宿也沒問題。」莫哥豪爽地說。

「你們人也太好了吧！」我在心中默默感謝莫哥和丹姊對我的照顧。

愉快吃完早餐後，中午餐廳迎來了久違的忙碌，一直到下午三點半，我們才有時間坐下來吃點東西。

「今天客人好多！」何安伸了個懶腰，「比前陣子還誇張。」

「小安！妳忙完啦？可以過來看一下剪好的片子嗎？想說讓妳看過之後再放上

去。」一名打扮可愛的女孩走過來對何安說。

「妳說我們拍的那支影片嗎？好！」

「我也要看！」我馬上想跟著湊過去，卻被何安攔下。

「不行，妳等上架再自己去看。」

「太小氣了吧！」我抱怨。

「請尊重我們YouTuber的辛苦。」何安振振有詞道。

「什麼YouTuber啊，妳總共也才拍這麼一支影片而已。」我不服氣地回嘴。

女孩大笑，「哈哈！小安，妳朋友果然像妳說的一樣有趣。」

女孩的頻道叫做「貝果小姐」，她要我叫她貝果就好。貝果性情活潑，笑容甜美，與她聊了幾句之後，我都要替京美擔心何安會不會移情別戀了。

最後在我的威脅下，我還是坐在何安旁邊一起看到了那支影片。

影片的主題是貝果採訪何安打工換宿的心得，不算現在蘭嶼這次，何安在奪下亞洲花式調酒冠軍後，便透過好幾次短期打工換宿，在國外四處旅行，有過不少精彩有趣的經驗，在貝果和何安的一搭一唱下，錄製成果非常好。

錄好的影片長到需要分成上、下兩集，可惜目前只剪好上集，連我都迫不及待想看到下集了。

「貝果，這支影片好有趣啊。」我由衷說。

或許是感受到我的稱讚發自內心，貝果竟有點惶恐，「謝謝妳的喜歡！」

「哈哈，不用謝啦！」我笑了起來，看來貝果應該是個真誠的女生。

貝果和何安決定再拍一支影片，內容似乎是關於同性戀愛。

我不再參與其中，下午的涼風，讓我想去涼台躺著放空。

才剛躺下去，就瞥見似乎有張摺起來的紙夾在涼台屋頂內側和梁柱中間。我立刻跳起來踮起腳尖取下那張紙，打開一看，裡頭竟是京美的字跡，那是她在離開蘭嶼前寫給自己的一封信。

我飛快奔回餐廳，把那封信交給何安，何安看完信後臉色大變。

或許，我們都想錯了。

或許，我們誰也無法眞正懂得誰。

我們習慣把自己藏在面具底下，把自己的傷心絕望掩藏起來，然而其實我們很希望能有人看穿面具底下的淚痕斑斑，聽見那無聲的呼救。

給即將離開的自己：

當初來到蘭嶼，或許只是想著如果能曬黑一點，那個人就會覺得我很醜，不想要我了。

可惜，他好像一輩子都不會放過我，我逃不了的。

從一開始我就錯了，不該誤信了他。我以爲他是個好人，是個會好好愛我的人，我錯得離譜。

那些噁心的偷拍影片，我找不出辦法拿回來，除非我有勇氣去死，否則一切不會有改變。

我偶爾會很羨慕小絜，身邊能有一位像何安那樣堅定不移的守護者，而伴著我的只有無盡的黑暗。

我也想要失去記憶，把所有的悲傷都忘乾淨，這樣是不是就能做回原本的自己？

不過，我現在連原本的自己是什麼樣子都快忘了。

那個人把我毀得很徹底，我喜歡我以前的塌鼻，喜歡我的雀斑，喜歡我小小的胸部，還喜歡以前不愛說話、只愛戴耳機聽歌的自己。

什麼想要成功都是騙人的！

都是他逼我這麼說的。

都是那個人渣。

我不想傷害小安，不想小安因爲我捲入麻煩。

和她在一起的這段日子，是我久違的幸福時光，我希望在她心裡，我還是那個活潑開朗的李京美，而不是骯髒可悲的李京美。

就把這個夏天當作是場美麗短暫的夢。

而可怕的現實，還在等我。

再見了，夏天。

再見了，小安。

我把最快樂的自己，留在這封信、留在蘭嶼了。

何安一看完信就收拾行李離開了，她說要去把京美帶回來，要我在蘭嶼等她們。

「小絮，這個木雕鑰匙圈先還妳，如果妳想起什麼，無論何時都要立刻打電話給我。」

「現在不是擔心我的時候，妳快去找京美吧。」

莫哥也催促，「是啊！小安，快！我載妳去機場。」

我們誰也不知道，那個總是笑容可掬的京美，竟然獨自背負著如此巨大的悲傷，卻不向任何人求救。

「被人控制久的受害者都是這樣，會認為自己沒有能力反抗。我會代替她，給那個人渣一拳。」何安臨走前這麼說。

這樣的何安眞的很帥。

希望她能順利接回京美，也希望京美不要再受到更多的傷害。

「小絮，這幾天店裡的工作就得辛苦點囉。」丹姊帶著歉意說。

「沒問題，包在我身上！」

「妳不是還要練習衝浪嗎？要是太累就先別去了，很危險的。」丹姊提醒我。

「行了，妳就別擔心我了，我還比較擔心小安。」

「小安一定沒問題的，她人脈很廣，妳的醫生也是她過去打工時認識的呢。」

何安在這五年裡成長了很多，我默默在心裡為她和京美祈禱。

傍晚，我再次來到那片海灘，也再次遇到孫夕晨，我向他提起Kenji桑和明明的晚餐之約，並拉著他去偷看兩人的約會過程。

「這有什麼好偷看的？」孫夕晨百思不得其解，「我只要再練習一下下，就差不多能成功了耶。」

「別說大話了，你這句話每天都說，也沒見你成功。」

「妳……」

「噓！」

不遠處，Kenji桑早早就站在店門外等候，五分鐘後，明明騎著機車出現，他不好意思地坐上後座。

「噗！Kenji桑不會到現在還沒考機車駕照吧？」我很驚訝。

「在蘭嶼不騎機車也能過活啊。」孫夕晨小聲說。

「也是啦，只是騎腳踏車移動花的時間比較長，容易曬成黑炭。」這我可有過切身之痛。

「那是妳。」

我騎機車載著孫夕晨遠遠尾隨在他們後面，反正我知道他們要去哪間餐廳，也不怕跟丟，繼續悠哉地與孫夕晨有一搭沒一搭閒聊。

「對了，小安暫時離開蘭嶼了。」

「爲什麼？」

「她啊……要去把她的公主接回來。」我嘴角勾起。

「妳聽起來很開心？」

「嗯！我相信她們會在一起很久，像……」突如其來的頭痛，讓我沒能把這句話說完，也差點沒能抓穩機車龍頭。

「喂！小心啊！妳沒事吧？」

孫夕晨的聲音離我很近，我這才發現，他被我這一嚇，雙手不自覺扶上我的腰。

我好像有點明白小男生載女孩子故意急煞車的心態，雖然卑鄙但有用。

「沒事。」

明明和Kenji桑來到一間緊鄰海灘的景觀餐廳，坐位全設在沙灘上，有木椅也有沙發座椅，要吃飯的坐木椅，要喝酒的就坐沙發，周遭還繞了一圈線燈點亮，像極了偶像劇中的浪漫場景。

他們選擇坐在面海的雙人座，我和孫夕晨閃閃躲躲地走向斜後方的沙發，點了兩杯酒坐下。

「我說……到底爲什麼要偷看他們約會？」孫夕晨悄聲問。

「就當是樹洞的好奇吧。聽明明說了那麼多她和Kenji桑的故事，總會希望能看到他們迎來美好的完結篇吧？」

「那妳要不要聽我和我女友的完結篇？」

「……現在不要，晚點再聽，你不能插隊。」

他失笑出聲，手上的啤酒一口都沒喝。

「喂，我爲了騎車只能點無酒精啤酒，你又不用擔心酒駕，怎麼不喝？」

「我不喜歡喝酒。」

「那你剛剛幹麼點？」

「那是所有飲料中最便宜的。」

「我剛不是說了嗎？是我拉你來偷看的，今天我請客，又沒有要你付錢。」我傻眼道。

小氣貞的沒藥醫！我捨不得浪費，把他點的那瓶酒拿過來喝完，還威脅他，待會一定要陪我走回民宿。

「好啊，不過是陪妳走回民宿而已，又不是要我出錢讓妳搭車，有什麼難的？」聽了這種話，沒把酒瓶往孫夕晨頭上砸，算是我修養好了吧。

我白了他一眼，示意他暫時別再說話，好讓我專心偷聽Kenji桑和明明的談話內容。不聽還好，一聽我簡直又想翻白眼了，他倆竟然一直在聊衝浪店的生意，直到晚餐都吃完了才結束這個話題。

「看來你在這開店，過得很開心呢。」明明笑著說。

「算是吧。」

「那很好，眞的很好。」

「妳呢？妳過得開心嗎？」Kenji桑問明明。

「嗯，離婚後還滿開心的。」

「這樣啊。」

「是啊。」

天啊！這是什麼尬聊，Kenji桑也太不會聊天了吧！我在心中瘋狂吶喊。

「其、其實我……」

「Kenji，我喜歡過你喔。」明明先一步說出了那句話，語法用的卻是過去式。

Kenji桑愣了愣，他也聽出來了，所以他遲疑了。

下一秒，明明忽然靠近他，輕輕吻了下他的唇，隨著那個吻落下的，卻是她的一滴眼淚。

「明明……」

「現在的我，比起戀愛，更想找回自己。」

情緒激動下，Kenji桑總算鼓起了勇氣，「我今天準備了咖啡給妳喝。」

他從袋子取出保溫瓶，倒了一杯熱咖啡遞給明明，他倒咖啡的時候兩隻手都在抖，緊張之情溢於言表。

明明喝了一口，接著又連續喝了好幾口，才語帶哽咽地說：「謝謝你，Kenji。」

不似剛才僅落下一滴淚，明明這次掩面而泣，Kenji桑在旁輕輕拍著她的背。

十分鐘後，明明止住眼淚，兩人沒再說什麼，安靜地遠眺大海許久才起身離開。

我不知道那杯熱咖啡在Kenji桑和明明的故事裡，扮演著什麼樣的角色，但從他們兩人的反應，我卻隱約能夠明白，錯過的愛情，好像沒辦法說找回就找回。

就像錯過了合適的品嘗時間，再好喝的咖啡也將走味。

明明說要送Kenji桑回去，Kenji桑卻說他拜託巧遇的客人載他就好，兩人各自離去的身影，都帶著幾分落寞與孤單。

「他們還需要點時間吧。」孫夕晨說。

「給時間就有用嗎？」我問。

「有。」孫夕晨的語氣無比肯定，「他們接吻時，兩個人的嘴唇都顫抖得很厲害。」

「蛤？」

「妳怎麼連這個沒觀察到？枉費我們坐得那麼近。」

「所以呢？嘴唇顫抖不就是緊張嗎？」

「錯了。」孫夕晨笑了笑，擺出一副情場高手的樣子，「是太珍惜對方了，才會連只是輕輕接個吻都那麼小心翼翼。」

他其實是在說他和他女友吧，我很不是滋味。

「我餓了，從這邊走去麵攤應該不遠。」我換了個話題，腳下加快步伐。

「幹麼忽然走那麼快？」

「我很餓。」

他瞇眼打量我，我被他看得有點緊張。

「幹麼？」

「沒事，想觀察妳是爲了什麼突然生氣。」

哪還能爲什麼？還不是因爲你又想起女友了。

但我有什麼資格生氣？我又不是你的誰。

比起生氣，我更多的是無奈，我永遠也成爲不了你放在心中思念的那個人。

隔天清晨，我又在鬧鐘響起前醒來。

昨夜做了個夢，儘管不記得夢的內容，但醒來之後，感覺心裡暖暖的，想必是個讓人感到幸福的美夢。

不過，幸福？我懂什麼是幸福嗎？我自嘲地搖了搖頭。

樓下傳來開門的聲響，本來以爲是丹姊，下樓一看，卻是何安和京美。

「妳們終於回來了！」我又驚又喜，一把抱住她們。

「搭夜船回來的，累死了。」何安往沙發上一躺，京美也跟著坐下，兩人均是滿臉疲憊。

「幹麼這麼急著回來？」

「逃難啊。」京美俏皮地眨眨眼。

「別聽她瞎說，是她吵著想趕快回來的。」何安懶洋洋道。

「這樣才有眞實感啊。」京美伸了個懶腰，「不趕快回來這裡的話，我會覺得……一切彷彿只是場夢。」

我替她們泡了咖啡，何安卻已倒在沙發上呼呼大睡，京美明明累得黑眼圈都跟熊貓一樣了，仍堅持醒著告訴我事情的經過。

何安委託律師進行交涉，同時請她的黑道朋友幫忙，對那個男人小施了點威脅。

「當小安帶人強行闖進屋裡的那一刻，我簡直不敢相信那是眞的。」京美雙手環抱著自己，眼中的不可置信令人心疼。

「京美，沒事了，都沒事了。」我安慰她。

「小安對我說，會讓我未來的生活，每天都是豔陽天。小絮，我應該可以相信她說的，對吧？」

京美還是很不安，過去受到的傷害太多太深，讓她一下子不敢相信自己能脫離苦海，這樣的傷或許只能留給時間治癒。

「會，一定會的。」我抱住京美，一遍遍重複地回答她，直到她再也撐不住疲累，慢慢闔上了眼睛，只是即便睡著了，她的拳頭依然握得緊緊的。

我其實有點羨慕京美。

她找到了一個願意接住她的傷心的人。

我在桌上留了字條，要丹姊別準備我的早餐，隨後拿著衝浪板出門，一步步往海灘的方向走去。

過了清晨，太陽所帶來的熱度節節上升，我因爲何安她們平安歸來而感到喜悅，卻也有點寂寞。

未來我不能再老是賴著何安了，那個位置是京美的。

遠遠地，我看到明明一個人坐在涼台裡。

「明明！」

「小絜，妳起得這麼早啊。」

「要衝浪的話，現在算晚了。」

明明笑了笑，「太久沒衝浪，很多細節都忘了。」

「要試試嗎？」我把浪板遞給她，她的瞳孔明顯微顫。

「新手板其實很好用，很多高手卻覺得用新手板很丟臉。」明明摸了摸浪板，

她的眼神透露出渴望，卻還是拒絕再衝浪，就像她還喜歡著Kenji桑，卻把他推到遠處。

「我還是……不了。」

「明明，妳為什麼要這麼壓抑呢？」

「我怕我配不上夏天的美好。」

「……就像起乘。」

「嗯？」明明疑惑地看著我。

「我的一個朋友說，人們愈靠近成功，就愈容易害怕，也愈容易急切，心態一不穩，站起的雙腳也會不穩，自然容易從浪板上翻落，而面對幸福的時候也是如此。」

她會心一笑，「這個比喻眞不錯。」

「妳以前衝浪一定很少失誤，Kenji桑說，妳比他還要厲害，他很崇拜妳。」

「成功了。」她忽然說。

我隨著她的視線望向遠方的海面，那群追逐海浪的人們，紛紛成功下浪，他們的身姿被陽光映照得閃閃發亮。

「妳一定也能成功。」我由衷對明明說。

「明明！」Kenji桑穿著泳褲，兩手各拿著一塊浪板，站在涼台外仰頭大聲說：「妳該不會是因爲技術退步，才不敢衝浪吧？」

「你、你在說什麼啊？」明明皺了皺眉，「就算十年沒衝浪，我也不可能會輸給你！」

Kenji桑笑了開來，他的激將法顯然成功了。

我目送著他們並肩走向海灘，走向那片無邊無際的大海。

果然被孫夕晨說中了，不必太擔心這兩人會再次錯過。

何安和京美，Kenji桑和明明，大家都有情人終成眷屬了啊。

眞鬱悶。

這種酸葡萄的鬱悶感，讓我有點討厭自己。

「妳這丫頭又偷懶！」藍波爺爺神出鬼沒地出現在我身後，「妳不是跟人比賽嗎？妳肯定要輸了。」

「爲什麼？」我嚇了一跳。

「到底是我年紀大，還是妳年紀大？妳怎麼記憶力這麼差？今天是這個月的最後一天了！」

我驚得倒吸一口氣，自從來到蘭嶼，我對於時間的流逝變得遲鈍很多，居然沒察覺已經月底了。我慌亂得像隻無頭蒼蠅，「怎麼辦啊！我、我……所以……」

所以孫夕晨今天就要走了？那他昨天怎麼不提醒我？

不對，他沒有義務要提醒我，我又不是他的誰，我們只是萍水相逢的普通朋友。

藍波爺爺用力拍了下我的頭，「冷靜點！聽好了，照我往常教妳的去做，肯定沒問題，妳現在就去把妳那個朋友叫來，讓他看看妳這陣子練習的成果。」

「他、他只在黃昏出現。」

「黃昏？黃昏的浪不怎麼好啊……」藍波爺爺嘖嘖兩聲，「沒關係，如果是黃昏，妳大概選兩呎的浪就可以了。」

「兩呎？不會太低嗎？」

「不會，足夠妳順利起乘下浪了，你們又沒賭要站在浪上多長時間。」

「有道理，謝謝師父！」

我這聲師父喊得藍波爺爺眉開眼笑，他擺擺手，要我快點離開。

來到海灘時，正好遇到剛從海上衝浪回來的明明，她臉上的笑容，是我見過最耀眼的一次。

她開懷暢快地笑著，笑著笑著卻哭了起來。

「明明，妳、妳怎麼了？」Kenji桑很不知所措。

「Kenji……我……我以爲我忘記了，我以爲我把過去所有的事都忘記了！」明明的眼淚不斷湧出。

Kenji桑不停替她擦眼淚，心疼得不得了。

「我沒忘，我什麼都沒忘，包括喜歡你的心情，也沒忘。」明明哽咽地說。

「嗯，我也沒忘。」

兩人站在沙灘上緊緊相擁，不顧旁人的目光。

他們沒問題的，我有預感，這兩個人在未來的每一天，都會像現在一樣，一起在海上踏浪。

昨晚做的夢，或許是個預知幸福的夢也說不定，至少我今天就見證了好幾個人的幸福。

我帶著滑板撲向海中，慢慢地划水，無論今天結果如何，我都會勇敢接受。

日落西山胭脂紅，不是雨來便是風。

今天黃昏的天空布滿紅霞，古諺說這是大雨將至的前兆，也不知是真是假。

當我看到孫夕晨的身影，心裡略微安心了些，我還真怕他不出現，連說再見的機會都沒有。

「孫夕晨。」我走近喚了他一聲。

他轉頭，對我露出一抹淺笑，「江雲絮。」

「今天是你在蘭嶼的最後一天了吧？」

「是啊，我好像還是沒能學會衝浪，剛剛試了幾次，都沒成功。」

「遜！你就好好看我表現吧。」

「在那之前，再聽我說一說我和她的故事吧。」孫夕晨提出要求。

「……這樣都要天黑了！」

「哪那麼快，現在才剛要日落，至少還要一個小時才會天黑！我很快就能說完。」

「那好吧。」我無奈地應下，他幹麼這種時候還要講這些事來影響我的心情呢？

孫夕晨似乎並未察覺我驀地低落的情緒，張口就說：「有一次，她忽然傳訊息告訴我，要我別擔心、不用找她，然後整整失聯了三天，沒有回家，也不開手機。我問遍了她的同事、朋友，才知道她在工作上有了疏失，被客戶要求當面下跪道歉。她的自尊心很強，對她來說打擊很大。」

女孩選擇躲起來，獨自舔拭傷口。

明明之前說好要依賴他、信賴他的，女孩卻還是一個人躲了起來。

他在第三天找到她了，他在兩人常去看夜景的地方守株待兔，終於等到一臉憔悴的她。

「你……」

他三步併作兩步上前抱住她，抱得緊緊的，像是怕她會再突然消失。

「爲什麼連我都要躲？是不信任我嗎？」

「不是的。」女孩小聲說。

「那是爲什麼？」

「我怕……怕看見你會哭，怕習慣哭泣之後，我會變得懦弱。」

他從沒那麼心疼過誰，他恨不得能早一點出現在女孩的人生中，或許她就不會變成這樣一個害怕擁有幸福的人。

「那糟糕了。」他輕輕在她耳邊說。

「什麼？」

「妳以後會變得愈來愈愛哭、愈來愈懦弱。」

「你在說什麼啊？」

「我會永遠在妳身邊，讓妳不必連傷心的時候都不敢哭泣。」

我強制打斷孫夕晨繼續說下去，「夠了喔，今天我已經被一堆情侶閃瞎了眼，你還來跟我說這些，嘖！」

我起身抓起浪板跳進海裡，雙手用力划水。

爲什麼孫夕晨要特地跟我說那些？他是不是猜到我若是成功，便打算要向他告白，所以才故意這麼做？他想要委婉地讓我了解，他愛的永遠只有他女友一個人。

他永遠也不會喜歡我。

這就是他的用意。

我一下子來到外海，此時太陽快要落至海平面，時間不多了，我一道浪都不能錯過。

見前方有道大約四呎的浪，我立刻追了過去，一切都異常順利，就像藍波爺爺說的，我已經練習很久了，絕對沒問題的。

我憑著直覺下浪，雙手撐起身體，雙腳用最快的速度站起，我成功了。第一次踩在浪上滑行，我勉力穩住心神，不想讓自己因緊張而失誤，隨即將目光轉向沙灘，確認孫夕晨有看到這一幕……

然而下一秒，我被腳下的浪一顛，整個人從浪板上翻落入海。

這不是我第一次從浪板上翻落，我並不驚慌，慢慢透過腳繩抓回浪板，準備游回海面，心想這樣應該算是成功了吧，畢竟我剛剛可是站在浪上至少五、六秒了。

突然一道強而有力的海流猛地把我往下捲，我奮力想要往上游，卻徒勞無功，我能感覺到肺部的氧氣快要用盡。

情急之下，我把浪板用力拋開，希望憑藉它的浮力把我拉上去，偏偏再也憋不住氣，海水從鼻腔竄進來，我難受地胡亂揮動四肢，在快要失去意識之際，模模糊糊地想起自己過去好像也溺水過……

是什麼時候的事呢？

在水底下慢慢下沉，雙手無力地垂下，視線被黑暗吞噬。

啊啊，沒錯，我曾經溺水過。

很痛苦、很痛苦地溺水了，但身體上所遭受的痛苦，遠遠比不過我當時內心的痛苦。

我在腦海中看見一段畫面。

我獨自蹲在泳池邊，眼淚一滴滴往下掉，接著縱身躍進池中，讓自己沉入池裡，伴隨著氧氣用盡，肺部感到針扎般的疼痛，我滿心期待著迎接死亡的降臨，迎接……

倏地，一雙冰冷的手抓住了我，把我帶回海面，帶回沙灘上。

「咳咳咳咳！」我難受地吐起水來。

「江雲絮，妳沒事吧！」孫夕晨撥開我臉上的髮絲，神態焦急。「是不是很難受？快把水都吐出來！別哭啊，沒事了。」

我哭了嗎？

為什麼？

我漸漸聽不清他的話聲，腦中湧現出許多破碎的記憶片段。

「……絮！江雲絮！」孫夕晨拍打我的臉。

我再次睜眼，嗓音微弱，「孫夕晨。」

「什麼？」

「你怎麼現在才回來？」說完這句話，我忍不住哭了。

他先是一怔，臉上的表情從茫然不解，轉為恍然大悟，他的眼眶也紅了。

「你怎麼現在才回來！」我坐起身緊緊抱住他，哭得撕心裂肺。

「我終於把妳找回來了。」他柔聲說。

我的眼淚掉得更凶了，「你怎麼現在才回來……你知道我有多想你嗎？」

「我知道。」

「你知道我有多痛苦嗎？」

「嗯，知道。」他像在安慰小孩似的，一邊回答我，一邊拍我的背安撫。

過去我心情不好的時候，他都是這樣陪著我。

原來，我就是他的女孩。

我們走散了好久，久到我都想不起他了。

點點星空取代了黃昏的霞光，我和孫夕晨前往我們第一次一同浮潛那晚去到的那塊小沙灘，一時無話可說。

過了許久，我打破沉默，「爲什麼一定要讓我想起來？」

「我知道妳會怨我，可是……我不希望妳連那些事都忘了。」坐在我身旁的孫夕晨，偷偷看了我一眼，手指不安地在沙上劃來劃去。

「哪些事？」

「妳和妳父親和好了，我不希望妳忘了他對妳說過的那些話。」

我抱著膝蓋，重拾的記憶當然也包括了這件事。

自從孫夕晨鼓勵我學習各種才藝後，我對木雕起了興趣，學了半年做出了一點成績，從在IG上經營到實際開設一間小店又花了半年，接單客製各種木雕鑰匙圈，雖然辛苦，但日子過得很充實。

某天送走一組客人後，一個鬼鬼祟祟的身影在店門邊徘徊，對方一與我對上眼，轉身就想跑走，剛好孫夕晨來找我，他很快攔下那人。

「你、你……」對著那人，我連聲「爸爸」都喊不出來。

「我想買櫥窗裡的兔子鑰匙圈。」多年不見，爸爸老了很多，但他的聲音沒變。

「什麼？」我以爲自己聽錯了。

「我想買那個兔子鑰匙圈。」爸爸又重複了一遍，連正眼都不看我一眼。

「你想對我說的就只有這些？多年來對我不聞不問，現在過來找我，就只是爲了買鑰匙圈？」我既感錯愕又覺荒謬。

孫夕晨打斷我和爸爸的對話，「先去吃飯吧，有什麼事吃完飯再說。」

孫夕晨不分由說地把我和爸爸帶去附近的餐廳，那頓飯吃得相當尷尬，我根本不知道該怎麼面對爸爸。

直到大家先後放下筷子，爸爸才從包包裡拿出一個鐵盒，示意我打開。

等我看完鐵盒裡的東西，他低聲說：「我想把那隻兔子放在裡面。」

鐵盒裡的每樣物品都與我有關，都代表了我人生的每個階段，即使爸爸是那樣地不擅言詞，我還是因爲這些東西心軟了。

孫夕晨貼心地說要去外面買點東西，讓我們父女好好對話。

「爲什麼你要保存這些？」

「……畢竟妳是我女兒。」

「你有把我當女兒過嗎？」我不無譏諷地說。

爸爸猛然抬頭，目光隱含嚴厲，「妳一直都是我的女兒，一直都是。」

「你不是希望我根本不要出生嗎？」我冷言反駁。

啪！

爸爸居然打了我一巴掌！

「我從來沒有眞的這麼想過。」他一字一句說得很慢，或許是他太久沒和人說話了，又或許是他怕我聽不清楚。「從來沒有。我只是……看見妳，就會想起她。」

我摸著熱辣辣的臉頰，眼睛也有點熱熱的。他現在才說這些有什麼意義？從小到大他對我造成了那麼多傷害，難道只憑三言兩語就要我釋懷？

下一秒，爸爸的眼眶也紅了。

那是第一次，我從他眼裡看到了對我的心疼，而不是嫌惡。

爸爸起身就要走，孫夕晨也是在那時回到餐廳，並把爸爸想要的兔子鑰匙圈交給他。

「我換地方住了，那是個有山也有海的地方，那裡很好，那裡的人很重視家人，那裡……讓我想通很多事。」

「那裡是哪裡？」

爸爸溫和地笑了，「蘭嶼。」

說完，他走出餐廳。

我和爸爸之間的隔閡不是如此簡單就能消除，然而他願意來這麼一趟，和我說這些話，已足夠讓我心軟。

最後我還是忍不住追出去，對著他的背影喊道：「我下次可以去找你嗎？爸……」

爸爸腳步一頓，雖然沒有回頭，但他說：「隨便妳。」

隨便我。

而不是他不想看到我。

可是我等不到下次去蘭嶼找他，我和他都沒能等到。

「忘記多好啊，這樣我不會想起，我還沒來得及去找他，他就先離開這個世界了。」我把臉埋進膝蓋，「我寧可什麼都想不起來。」

包括我最不想想起的那一天……

「江雲絮。」

「不要喊我的名字，那天之後，我最討厭別人喊我的全名。」我悶聲說，嘴裡嘗到了淚水的鹹味。

「別人喊另一半都是喊小名，或者是寶貝什麼的，你怎麼就愛喊我全名？」

「妳不是說妳很討厭妳的名字，因爲妳爸的關係。」

「嗯……」
「所以啊，我要一直一直喊妳的全名，直到妳每次聽見自己的名字，都會想起我，這樣不是很好？」
「一點都不好，要是以後分手了呢？」
「我們怎麼可能會分手，就算妳討厭我，我也要賴在妳身邊不走。」
我抬起臉，看著眼前那張我強烈思念至心痛的臉，勉強擠出笑容。
「孫夕晨，你不是說了要賴在我身邊不走嗎？」
「我這不是在這兒嘛。」
「不對，你……不是眞的，你已經……」我驀地哽咽。
「是啊，」他溫柔地替我撥了下凌亂的髮絲，「不過如果誠心向神明祈求，就能擁有爲期一個月的奇蹟。在這段期間的黃昏至隔日清晨，我可以出現在我最想見到的那個人面前。」
我睜大雙眼，抓住他冰冷的手，「你……不是我想像出來的幻影？」
「當然不是！江雲絮，妳可以觸摸到我不是嗎？」他抓著我的手觸碰他的臉龐。
「所以今天是奇蹟的最後一天……」我艱難地說。
孫夕晨的笑容變得難看，像是在哭。

二〇二〇年一月三十一日，我在那一天，失去了我最愛的人。

我的男朋友孫夕晨，在那一天死於溺水。

距離黎明還有兩、三個小時，我牽著孫夕晨的手，長久地望著他。

「妳以前明明不好意思這樣盯著我看，現在變得好大膽。」孫夕晨好笑地摸摸我的頭，他的一顰一笑，都讓我捨不得移開目光。

「孫夕晨，你長得好可惡，你的一切都好可惡。」

他搖頭失笑，「時間不多了，妳卻對我說這種話？真讓人傷心呢。」

「如果你又消失了，我一定……」

孫夕晨打斷我的話，「江雲絮，答應我，別再做出傷害自己的事。」

我鼻子一酸，又想掉眼淚了，「都是我害的！都是我害的不是嗎？」

如果不是我在蘭嶼的海邊對他說了那些話，他也不會偷偷跑回蘭嶼練習衝浪，更不會……

「妳還記得妳爲什麼會說想看我衝浪嗎？」

我咬住下唇，沒有回答。

他自顧自地往下說：「妳父親的遺物裡，有一塊衝浪長板，妳說妳父親應該是想藉由衝浪釋放心中的悲傷，但妳父親還沒學會衝浪，就不幸過世了。所以妳才會說，想看看我在海上遨遊的樣子。」

爲什麼我那時會說出這種話呢？

如果我沒有這樣說，就不會失去他了。

「江雲絮，我這麼做不全然是爲了妳，我自己也很想試試踩在浪上是什麼感受。還有，我來到蘭嶼的那段日子過得很快樂，看遍了星空與海洋的美，還和部落的人變成朋友，學了一款名叫『土石流』的調酒，原本還想著回去要教何安……」

我淚如雨下，「孫夕晨，沒有別的辦法嗎？你都能復活一個月了，不能永遠復活嗎？」

他把我擁入懷中，我用力揑緊手心，我好恨我自己，恨所有的一切。

「如果知道會迎來這種結局，是不是我們一開始就不要認識比較好？」

「我很幸福喔，因爲認識了妳，我變得非常非常幸福。」孫夕晨溫柔地扳開我的手指。

「我做不到……孫夕晨，我眞的做不到！」我崩潰大喊。

他用雙手捧著我的臉，一次一次要我深呼吸，「妳做得到，妳看，妳平衡感那麼差都能學會衝浪了。就算沒有我，妳也一定能好好的。」

「我一定……沒有辦法再愛上別人了。」我的眼淚沾濕了他的手指，他的臉上卻始終掛著笑容，他愈是這樣，我的心就愈痛。

「既然妳過去愛過我，以後一定也能再愛上別人，妳早就不是以前的妳，妳早就願意相信自己能得到愛了。」

「所以你才希望我想起一切？」我淚眼矇矓地望著他。

「嗯，我要妳想起自己的改變，不要因爲我而忘了那些。」

天際微微透出白濛濛的光，時間所剩不多了。

我不想再把時間浪費在這樣的話題上，我還想和他說更多話，還想握著他的手，還想……我還有好多好多事想跟他一起做。

「我也很幸福，孫夕晨，和你在一起的這些年，我很幸福。」

「嗯。」他的聲音浮現哽咽，「這一個月和妳重新認識，我很快樂。」

「你很壞，一直說我們過去的事，都不知道我聽了有多心酸。」

「哈哈！我就知道妳這個小醋桶一定會生氣。」

「還讓我以爲你是個小氣鬼。」我沒好氣地說。

「妳的內心話全寫在臉上了，我憋笑憋得好辛苦。」

我心慌意亂地低頭看著他與我交握的手，他的手愈來愈透明了，肌膚的觸感也逐漸消失。

「答應我，妳絕不會再自殺。」孫夕晨柔聲說。

我緊緊咬著嘴唇，沒有答腔。

「答應我，不要再把自己封閉起來，代替我繼續感受這個世界。」

我想再握緊他的手，可是我的掌心裡空落落的，什麼都沒能握住。

「眞的很想哭的時候，就去海邊吧，我永遠會陪著妳哭。」

「在那個瞬間，你有後悔什麼嗎？」我吸了吸鼻子。

「後悔沒能再好好吻過妳一遍。」孫夕晨變得透明的手指輕輕撫過我的臉，「可以再對我笑一下嗎？」

面對他最後的請求，我用盡全力擠出笑容，直到太陽從海平面升起，直到陽光穿透了他的身軀，直到他徹底消失在晨光裡，一滴淚落在了我的掌心。

我終於嚎啕大哭了起來。

這一個月的點點滴滴，以及過去與他共同度過的每一段回憶，都讓我好痛。

我邊哭邊走回民宿，在打開門的瞬間眼前一黑，失去了意識。

如果可以，多希望這只是場夢，夢醒了孫夕晨還在，我們還很好，可能偶爾會鬥嘴，會嚷著說不想看見他，但到了晚上我們又會和好，一起吃晚餐、喝點小酒，相擁而眠迎接新的一天。

那些再平凡不過的日常，是我最奢侈的願望。

嗶嗶嗶——

鬧鐘老是在響了幾聲後出現刺耳的破音，我每次聽都覺得好笑。

「我們什麼時候才要換新鬧鐘啊？」我翻身抱著孫夕晨，他身上有著好聞的衣物柔軟精香氣，是我最喜歡的味道。

「不覺得早上聽到這種聲音，很快就能醒來嗎？」他習慣性地吻了下我的額頭。

「被這種聲音一嚇，就算做了美夢也會立刻忘光。」我不以爲然。

他長臂一伸，把我抱到他的身上，我俯視著他，覺得他剛睡醒的樣子看上去傻傻的，比平常的他好欺負多了。

「有我在，妳還需要什麼美夢？」

「噁！一早就這麼肉麻，想嚇誰？」

「妳明明在偷笑。」

「哪有，我要去刷牙了啦。」我想下床，他卻抱住我的腰，露出邪惡的笑容。

「還是今天不要上班了？我請假。」

「不行！大色胚。」我重重彈了一下他的額頭，他吃痛地鬆手，我迅速從他手裡逃脫，走進浴室。

「江雲絮。」他在房間裡叫我。

「幹麼？」

「我愛妳。」

「嗯，我也愛你。」

「好敷衍。」

我從浴室門口探出頭來，朝他一笑，「孫夕晨，我對你說的每一句告白，都不是敷衍。」

「妳說……我們如果結婚了，還以全名稱呼彼此，會不會很怪？要不要從現在就改叫老公老婆？」

「噁心！」

嗶嗶嗶——

鬧鐘熟悉的破音聲，把我從夢中叫醒。

我按掉鬧鐘，來到蘭嶼這段期間，我每天幾乎都在鬧鐘響起前自動醒來，直到今天，這個我特地帶過來的鬧鐘，才總算有機會發揮功用。

昨天早上回到民宿以後，我就爬上床昏睡到現在。

何安也被鬧鐘吵醒，她起身拉開窗簾，房間裡頓時灑滿陽光。

「小絮，妳終於醒了？」

「嗯。」

「妳整整睡了一天，不簡單啊。」

「嗯。」

何安觀察我的表情，一副欲言又止的樣子。

「小安，我腳踝上的鋼釘明明是兩年前車禍留下的，也能被妳拿來當說謊的材料，妳可以寫小說了。」我調侃她。

「妳想起來了？」她面露驚慌。

「對不起，讓妳為了我編那麼多故事。」

「小絮……」何安眼眶微微發紅。

「我沒事了。」

「不用勉強自己，小絮，我會陪在妳身邊。」

「放心吧，我會好好……活下去。」

何安給了我一個長長的擁抱，失去記憶這些日子以來，是她陪在我身邊守著我，是她無條件支持我走過這段艱辛，她為我做的夠多了。

「從今以後，不要再把我當成妳的責任了，好好對京美，看著妳幸福，我也會幸福。」我誠懇地說。

何安的聲音帶上了幾分沙啞，「妳變了……或者應該說，妳恢復成那天之前的妳了。」

「嗯，改變我的人，一直是他啊。」

一直是。

這陣子以來也是。

「還有，我想起妳爲什麼去到國外打工換宿了，妳應該是不想看我們曬恩愛吧，妳這樣也太讓我難過了。」

何安捏捏我的臉，「別亂說，我是看妳找到那麼好的歸宿，也想試著幫自己找找看。」

「還好妳現在找到了。」

「喂喂喂！妳們兩個再靠那麼近，我要吃醋囉！」京美打開房門探頭進來，語氣宛若深宮怨婦。

何安趕緊跳離我半公尺遠，我被她們倆逗笑了，雖然心中仍隱隱作痛，但我會好的。

我都能學會衝浪了，一定也能……笑著和他說再見。

吃過早餐，我向丹姊又多請了一天假，幸好京美自願補上我的空缺。

「小絮，要是晚飯前妳沒回來，我會勞師動眾帶一大群人去找妳喔。」莫哥嚴厲地叮囑我。

「沒錯，妳一定要準時回來。」丹姊也說。

「你們別擔心我，我眞的沒事。」

何安臉上仍有擔憂，也難怪她會這樣，畢竟那時孫夕晨出事後，她陪我去找新的租屋處，我趁她和房東議價時，溜進附近的公共泳池，跳了下去。

但我不會再做出同樣的事，我答應過孫夕晨了。

我用力呑了下口水，大步前往Kenji桑的店，我想租借一塊長板。如果我能實現爸爸未能完成的願望，那麼答應孫夕晨的事，我一定也能做到。

剛來到店門口，就聽見明明對Kenji桑說：「那我走了。」

「妳要走了？」我驚訝地插話。

「是啊，明天就要去新公司報到，今天得回高雄了。」明明大概是看出我的不解，她微笑解釋，「以後週末我都會回來，或者Kenji會來找我。」

「恭喜你們。」我由衷替他們感到開心，「太好了！」

明明離開前又說：「對了，雖然不知道樹洞小姐是不是也解決了什麼煩惱，不過妳的眉頭終於不再那麼糾結了。」

抬手摸摸眉心，我都沒發現自己時常皺眉。

待明明走遠，我走到吧檯前說：「Kenji桑，我要租借長板。」

「臭丫頭才剛學會走路就想跑？」藍波爺爺又神出鬼沒地走進店裡了。

「藍波爺爺，我今天一定要用長板。」我很堅持。

他微微一怔，「行，那我看著妳。」

「咦？我還以爲你又要罵我了。」

「廢話少說，動作快點，我等妳一起過去。」

Kenji桑搖頭笑道：「老爺爺還是一樣不坦率呢。」

前往海灘的路上，藍波爺爺走著走著忽然停下腳步，「妳剛剛的表情，和那個臭小子一模一樣。這次我會把妳看好，不會讓妳也被收走。」

「謝謝您，藍波師父。」

一想到當初教藍波爺爺製作那款特調的竟是孫夕晨，我就覺得緣分這種事實在妙不可言。

第一次使用長板，我本來以爲自己會掌握不好，神奇的是，當第一道浪打來，我想像著自己和浪板合而爲一，順利衝過海浪，我心情暢快地吹了記口哨，刺眼的陽光照得我微微瞇起雙眼。

有那麼一瞬間，我感覺孫夕晨好像就在我身邊。

「才過第一道浪而已，發什麼呆啊！」藍波爺爺在旁邊訓斥，我趕緊繼續划水，一路來到外海。

等了幾波浪後，選了一道接近四呎的浪，我嘗試起乘。等我穩穩地站在浪板上，我忍不住放聲大笑。

「孫夕晨——我會好好的！一定會好好的！」我對著一望無垠的海面大喊。

回到岸上，藍波爺爺凝視著我良久，眼神有點哀傷，過了半晌，他才迸出一句：「丫頭，原來是妳啊，那小子是爲了妳才那麼努力練習衝浪。」

我很快會意過來，藍波爺爺聽到我在海上喊孫夕晨的名字，猜到我和他的關係了。

「他很開心能認識你們喔。」我笑著說。

藍波爺爺冷哼一聲，又抱著浪板回到海上，他大概是不想讓我看見他眼底的淚光。

在海面上遨遊的感覺眞的很好，彷彿當了幾秒鐘自由自在的飛魚，又彷彿，可以再次看見你。

有一天會好的，想哭的時候就躲進海裡，讓海水掩蓋眼淚的鹹，讓浪花沖淡翻湧的思念。我會帶著我們之間的回憶，繼續衝浪。

「什麼？所以妳要留在蘭嶼？」何安不敢置信地瞪著我。

「怎麼可能？我還有木雕店要經營，只是以後每個月我應該會固定抽幾天去各地衝浪吧。」

「不怕曬黑？」

「我都已經曬成黑炭了，還能再黑啊？」我調侃自己。

「那妳去到哪裡都要寄明信片給我喔。」京美插話。

我一口答應。

「太棒了，一定很好玩。」京美高聲歡呼。

「妳開心就好。」何安寵溺地看了京美一眼，轉頭對我說：「但也不要太過勉強自己，小絜。」

「小絜，也要常常來我們這兒，蘭嶼的浪是最好的！」莫哥自豪地拍拍胸脯。

「行！我一定常來，蘭嶼的星空很美，夜潛很棒，小麵攤很好吃！」

還有，這裡充斥著我和孫夕晨的回憶。

二〇二〇年八月一日，孫夕晨，從今天開始，我會努力在想起你的時候，不哭泣。

尾聲

二〇一五年。

出門上班時，天空豔陽高照，我完全沒料到稍晚將降下一場大雨。

早上一進公司，我就被經理抓過去訓斥了一個多小時。

「就說你們這些年輕人只會好吃懶做！請到妳這種員工，不如把妳的薪水捐出去做公益！」經理罵得起勁，我愈聽心裡愈不是滋味。「幹麼？妳那什麼表情？不高興？不高興就不要做啊！妳今天出的紕漏，扣妳幾個月薪水都不夠！」

不就是文件送錯部門嗎？而且也不是我送過去的，憑什麼那個空降部隊把責任推到我身上，經理就連查證都不查，直接對著我開罵？

「滾！我暫時不想看到妳，妳現在去R公司領公關品，順便把發票送過去，再去X公司拿等等開會要用的樣品。限妳一個半小時在會議開始前回來，沒問題吧？」

經理擺明了是在刁難我，我很想大聲說自己不幹了，但爲了薪水，最後還是忍氣吞聲乖乖照辦。

偏偏福無雙至，禍不單行，當我走出X公司，頭頂的天空聚滿厚重的烏雲，傾盆大雨倏地降下，我不僅沒帶傘，連錢包也忘在公司了。

距離會議開始還有四十分鐘，我決定站在路邊的騎樓下等雨停，還好五分鐘後雨就停了。只是才走出騎樓，一輛車疾駛而過路邊的水窪，濺得我半身都是泥水。

我氣壞了，想也不想便拔腿朝那輛車奔去，也不管追不追得上。幸好才過兩個路口，就見車主把車子停在超商前，我殺氣騰騰地向隔壁的機車行借了兩個水桶，各裝了半桶水，打算爲自己討回公道。

那人一從超商出來，我便拎起一個水桶往他身上潑，把他嚇得不輕。他瞪著又圓又亮的眼睛，一對濃眉提得高高的，看著我的表情像是在看一個瘋子。

向他說明原委後，不出所料，他拒絕道歉，於是我又多送了他半桶水，他修養倒是不錯，沒怎麼跟我計較就離開了。不過他不是直接回到車上，而是縱身躍入車流，把一隻腿腳不便的流浪狗抱回人行道……

這個人不壞嘛，而且眼睛很漂亮，聲音也好聽。望著這一幕，我感覺自己今天好像也沒那麼倒楣了。

我本來以爲不會再見到這個人，不料一回到公司就看見他了，原來他這趟是過來我們公司開會的。整場會議他表現得很專業，並未表露出任何異樣。會議結束後，他扭扭捏捏地叫住我，說要請我吃飯。

我先是故意拒絕，他臉上露出懊惱，後來我答應了，他又因爲我奇怪的附加條件而略微不安。無論是他的哪一種表情，都可愛得令人想笑。

但我是絕對不會告訴他的。

我沒有資格喜歡上誰，尤其是擁有這樣一雙純淨眼睛的人。我不想讓他的眼睛因爲我而染上悲傷。

晚餐後，他要我陪他去一個地方。

當他把車開到動物醫院時，我愣了愣，沒想到他在來我們公司開會前，先把那隻流浪狗送到了醫院。

「你會養牠嗎？」

「我家不能養寵物。」他搖搖頭。

「所以之後你要送牠去收容中心？要是最後沒人認養，牠會被安樂死吧？那還不如讓牠流浪在外，活得還比較自由。」

「這樣牠太孤單了。」

「什麼？」

他盯著已經動完手術、正躺在保溫箱裡休息的小狗，吶吶地說：「獨自在街上流浪太孤單了，如果能幫牠找個家，牠會幸福起來的。」

「要是被主人虐待呢？或者被丟棄呢？」

他忽然摸摸我的頭，「嘿，我保證會幫牠找到一個好主人，妳不要這麼悲觀好不好？」

「我只是比較務實。」我撇撇嘴，「而且誰說流浪不好了？想吃就吃、想睡就睡，多自由啊。」

「以妳的食量，恐怕流浪街頭會餓死。」

我忍住想踩他一腳的衝動，決定自己叫車回家。

「不管是人還是動物，都需要被愛，只有被人深深地愛著，這一生才不會白費。」他又說。

「光是被愛，不去愛人？」

「肯定是已經深深愛上了對方，才能感受到對方的愛啊。」

「你的想法還眞像是個夢幻少女。」我語帶譏諷。

「誰像妳，想法那麼實際，行爲還很暴力。」

我對他扮了個鬼臉，他笑得像傻瓜一樣，我也扭過頭笑了。

我永遠不會讓他知道，那天晚上，我因爲他的笑容失眠了，情不自禁地想著，如果有一天能牽起他的手，那該有多好。

全文完

番外
最後那一天

空の声が聞きたくて
風の声に耳すませ
海の声が知りたくて
君の声を探してる

Kenji桑又喝醉了，每次他只要一喝醉，就會聲嘶力竭地對著大海唱這首歌。我喝了幾口酒潤喉，跟著他一起大聲唱。

「你學得好快，眞厲害！」Kenji桑稱讚我。

「因爲你唱到我的心坎裡了。」我笑了笑。

每次聽Kenji桑講起他和明明的故事，我就覺得自己比他幸運太多，尤其我明天晚上就能回去見那個名叫江雲絮的女孩了。

「心坎……」Kenji桑若有所思道：「晨桑，我有時候會想，我是不是只是在等一個回憶，而不是眞的在等她，畢竟我和明明認識的時間那麼短……」

海水似乎開始漲潮了，我們拿起一袋酒，從沙灘退到了堤防上，繼續看著海、各自想著想念的女孩。

「你知道嗎？當你爲了一個人付諸行動，做出一些以前根本不會做的事時，相信我，那個人早就在你心底落地扎根了。」我悠悠地說。

Kenji桑微微一愣，又開了一瓶酒遞給我，「乾杯！」

「日本式的乾杯？」我故意問他。日本人不喜歡勉強別人，所以在日本文化裡的乾杯，只是彼此碰一下杯子，杯裡的酒隨意喝多少都行。

「晨桑在說什麼呢？在台灣當然是台灣式的乾杯了！」他咕嚕咕嚕地喝光了一整瓶酒。

我想他喝下的並不只是酒，而是等待了九年的苦澀與疲憊。

既然如此，我就奉陪到底，也一口氣喝光了一整瓶酒。有時男人一同喝酒就是這樣，與其說上千言萬語，也比不上沉默地飲盡一瓶又一瓶酒。

我們一會兒唱歌、一會兒踩踩海浪發發酒瘋，喝到天都快亮了才停。

「不喝了，等等睡一下，回去前我還想再練練衝浪。」我擺擺手。

「你還要下水？不怕宿醉？」

「冬天的海水絕對能讓我清醒過來。」

Kenji桑很不放心，「你爲什麼一定要這麼拚命？她又不知道你來練了，也沒說想什麼時候看到啊！」

「我怕她等不了。」

「怎麼會？」

怎麼不會？我從沒看過江雲絮露出如此絕望的表情，她向來不喜歡在人前哭泣，卻在聽聞她父親的死訊那一刻落下淚來。

她告訴我，她奶奶過世那年，父親在過年的時候給了她一個紅包，對她說新年快樂，她卻沒有接下紅包，扭頭奪門而出。她在父親死後不斷回想起那一幕，想像著當時父親是什麼樣的心情，爲此歉疚難安。

我深吸一口氣，努力不要一直去想她說那些話時的表情，「她快被愧疚壓得透不過氣了，我得盡快幫她解開心結才行。」

「好吧，那你要小心，上飛機前來我店裡吃過晚飯再走。」Kenji桑不再勸我。

我回民宿睡了兩個多小時就醒了，拜宿醉之賜，不僅口乾舌燥，頭還痛得要命。看了眼萬里無雲的天空，我拿起放在床邊的手機傳訊息給江雲絮。

「昨天工作結束陪客户去喝酒了，今天晚上就會回去。別太想我了。」

我騙她說自己因公出差一個星期，其實是偷偷跑來蘭嶼練習衝浪。

「我也很忙，沒時間想你。」她幾乎秒讀秒回。

我忍不住笑了，她還是那麼不坦率。

「好吧，那我應該要對自己說：別太想妳了。」

「你不用趕快起床梳洗嗎？」

看了她回覆的訊息，我知道她一定是害羞了。我撥了視訊電話給她，她過了將近一分鐘才接起，只見她的頭髮梳得分外整齊，不像是剛睡醒。

「江雲絮，我很高興。」我看著手機螢幕裡的她。

「高興啥？」她微抿著唇，眼睛底下掛著濃重的黑眼圈，整個人無精打彩。

「人家說小別勝新婚是眞的，妳已經好一陣子沒在我面前這麼在意過自己的形象了。哈哈哈！別生氣嘛！別掛，我好想妳。」見她像是有些惱怒，我趕緊換個話題，「對了，妳今天會去店裡嗎？」

她像是沒有聽到我最後一句問話，顧左右而言他，「你這次住的商務旅館，風格好像比較樸素？床單竟然是棕色的。」

「棕色床單看上去很溫暖啊，怎麼被妳說成樸素了。」我們都知道，她才不想聊什麼床單，她只是逃避回答我的問題。

我不想看她繼續萎靡不振下去，不想看她陷在痛苦之中找不到出口，我好希望自己能幫上她，就像她在我受傷時爲我做的那樣。

「在想什麼？」她問。

「我在想之前幫公司拿到年度最大那一筆訂單那次。」

「怎麼忽然想起那件事了？難道……」

「沒事，這次很順利，就是忽然想起來了。」

那次我原本應該要在例行的董事會上當眾接受表揚，沒想到幾位大股東卻很不以爲然，說我之所以能拿下那筆訂單，是因爲對方是我爸的大學同學，而爸爸也沒有要幫我講話的意思。

外人就算了，連自己的父親都不認同自己，我心裡很受傷。天曉得我爲了拿到這筆訂單付出了多少心力，來回往返對方工廠無數次，一再修正合作方案……然而看在別人眼裡，我這些成績都只是靠著爸爸的庇蔭，甚至連爸爸也這麼認爲。

要是沒了我爸，我就是個廢物。

「孫夕晨，我可不准你這樣罵我最愛的人。」

「啊？」

「我最愛的人，總是非常認眞對待手上的每一件工作，就算熬夜，隔天還是會神采奕奕地去公司上班，晚上還會陪女朋友吃飯，儘管有時候他飯吃到一半，就累得趴在桌上睡著了。」

江雲絮當時那番話，我一直記在心裡。

在所有人都看不到我的努力時，只有江雲絮看在眼裡，並為我感到心疼。原來這就是被人心疼的感覺，原來有個人比我自己還要愛我，是這種感覺。我何其有幸，才能遇見這樣一個全心全意愛著我的女孩。然而此刻的我，竟無法安慰她，無法讓她相信一切都會變好。

「別想那些糟心事了，不值得。」自己都顧不好了，江雲絮還反過來安慰我，這就是她。

「江雲絮，妳還記得達悟族人在家人去世之後，為什麼會將門前的靠背石橫倒一個月嗎？」

「我哪會記得那種事啊。」她垂下眼，似乎無意多談。

「那是因爲達悟族人不希望家人爲他們的離開難過太久……」

「啊！我肚子好痛，先去上廁所了，拜拜！」江雲絮不分由說便切斷通話。

我能猜到，她一定又哭了。

別哭啊，我說這些不是想讓妳哭啊。

到底要怎麼做才能讓她停止悲傷，我眞的找不到方法了。

我走出房間，坐在民宿一樓的客廳裡一籌莫展。

「臭小子！一早就坐在這思春啊！」手裡拿著一袋飛魚乾的藍波爺，透過敞開的民宿大門望了進來。

「藍波爺！您要去Kenji桑的店裡嗎？我也要去。」我跳起來奔過去。

藍波爺就住在民宿後面，早上很常扛著浪板去衝浪，或者去Kenji桑的店裡待一會兒。我本來以為他很討厭外來客，後來才發現，只要先對蘭嶼釋出尊重，他就會對你釋出善意，雖然他表達的方式有時不是很明顯。

「幾點走？」

「呃，晚上七點半的飛機。」

「那今天晚餐得早點吃了。」

「好啊，在這之前，我想再去練練衝浪。」我隨口說。

藍波爺一聽，立刻停下腳步看向不遠處的海面，這一看就看了五分鐘，我沒打擾他，藍波爺不僅能看出海流變化，還能因應當下的天氣，推測全日的海流走向。

「今天別去了。」

為什麼？天空明明萬里無雲。

似乎看出我心裡的疑惑，他又道：「錯過一道浪，還會有其他更好的浪。今天的浪，你錯過也不可惜，你駕馭不住的。」

「浪況真的這麼糟嗎？」我不死心。

藍波爺不再回答，一腳踏進店裡，把正在煮咖啡的Kenji桑趕出吧檯。

「宿醉的人還煮什麼咖啡！喝得出味道嗎？我來煮魚湯。」

我和Kenji桑偷偷交換過一個了然的眼神，心下暗笑，藍波爺明明是想著要讓我們喝點魚湯暖胃，表達方式卻如此彆扭。

大概是昨晚睡得太少，我在旁邊等了一會兒就睡著了，最後是被魚湯濃郁的香味給喚醒。

藍波爺瞥了我一眼，「還不去準備碗筷？」

「是！」

藍波爺雖然看起來很凶，會隨意使喚我，也會對我大吼，但他對我是真的好，教了我很多事，也是真的在關心我。

「臭小子，人這一輩子哪有過不去的坎？坎，不是用來過的，而是用來走的，走著走著就過去了。」

走著走著就過去了。

或許面對痛苦的時候也是這樣，痛著痛著就過去了。

「你是要我別太擔心她？」

「廢話！你要給她一段時間走出傷心，不必操之過急。」

「可是，我想幫……」

「沒有什麼可是，今天就是不適合衝浪！」他舉著湯杓，嚴厲地警告我，「還有，既然你都快回去了，等一下再幫我搬一些漂流木。」

Kenji桑笑著打趣：「晨桑，你辛苦了，多喝幾碗魚湯才有體力。」

我正想哀號，店裡忽然來了客人，是朗島部落的巴凱。

「喂，阿晨！快跟我走！」

「怎麼了？」我碗裡的魚湯連一口都還沒喝呢。

「我們長老要喝你調的土石流啦！快來。」他不等我拒絕，直接把我帶走。

「前天不是教過你了嗎？」我坐上巴凱的機車後座。

「哎唷！失敗了啦，好像不管怎麼調都少一味。」

「誰叫你不用紙筆記下來，你不是說你的記憶力是全部落最好的嗎？」

巴凱搔搔頭，「哎唷，我高估自己了。」

我忍不住笑了。可能這就是我這麼喜歡蘭嶼的原因之一，這裡的人都很單純溫暖。我不需要像在都市裡生活時那樣，時時刻刻察言觀色，想著別人會用什麼樣的眼光看待我。

在這裡，或許只要會調一杯好喝的酒，就能換來大家的熱情。

如果這世界存在天堂，應該就是蘭嶼了吧。

巴凱很快騎著機車帶我來到朗島部落，沒想到長老已經烤好飛魚在等我了。

「阿晨！來吃你最愛的烤魚！」長老說。

「阿晨來了啊？這些你拿回去，一份給你的女朋友。」恩姨把兩個袋子塞到我手裡，裡面裝了特色手工飾品，還有一艘做工精細的迷你拼板舟。

我被他們的熱情淹沒，一時之間離別的愁緒忽然湧上來。

「阿晨，怎麼了？」巴凱問。

「如果下次我帶我女朋友過來，你們……也能這樣對待她嗎？」我好希望江雲絮有機會體會蘭嶼人情的美好。

長老一聽，哈哈大笑，「只要她是好人，我們都很歡迎！」

「她是好人，她是個非常非常好的女人。」

「行了！我們這幾天都聽你說了不下百次了！快來調酒。」恩姨搖搖頭。

我不好意思地笑了兩聲，都沒發現自己有多常提到江雲絮。

在朗島部落待了兩個多小時，回過神已是下午三點半。

「我得走了。」

巴凱依依不捨地說：「阿晨，下次什麼時候會再來？」

「很快。」

「下次一定要帶你女朋友一起來。」恩姨叮嚀，「好讓我們部落的女孩們死心。」

「阿晨你都不知道，你可受歡迎了。」長老跟著笑道。

和大家依依不捨說完再見，等我回到Kenji桑的店裡，差不多是下午四點半了，天空漸漸染上橘黃，很快就要迎來黃昏。

「晨桑，你還要去衝浪啊？快要吃飯了。」Kenji桑正在料理晚餐。

「我去去就回，反正黃昏的浪況不一定好，如果浪不好，我就回來了。」

「好吧。藍波桑回家拿米酒了，他說今天這道三杯魚，一定要用他特製的米酒才行，你要是太晚回來我就吃光囉！」

「哇啊！聽得我都餓了，我很快就會回來。」我笑著答應。

扛著浪板走到海灘，海面逐漸染上晚霞瑰麗的顏色。

趴在浪板上划水時，我想起了江雲絮的父親。

或許江雲絮的父親一直都是愛著她的，只是一看到她，就會想起她難產而死的母親，心裡對她的感情很矛盾，才會始終拒她於千里之外。

來到外海，太陽已經半落至海平面，此時一道看起來不錯的浪迎面而來，我看準時機追過去，按照練習了無數次的步驟，完美地成功下浪，一切都非常順利。

然而倏地一陣強風從側面吹來，我一個沒站穩從浪板上翻落，我並沒有慌亂，試著拉回浪板，一股強烈的海流卻猛地把往我旁邊一帶。

砰！

我的頭撞上了海底的礁石，我看見大片大片的血花，全身力氣一點一點消失，眼皮也愈來愈重，我連一根手指都抬不起來，整個人慢慢往下沉。

我心裡明白，這大概就是結束了，原來這個瞬間是這樣的啊……

我想起了江雲絮，如果她知道我不在了，一定會很痛苦，甚至會更加自責。

不行，這可不是我想留給她的。

我好希望她能再來蘭嶼一趟，感受我所感受過的那些溫暖與美好。

我好想再吻她一遍。

神啊，請再給我一次機會陪在她身邊，就算只有一個月也好……

我闔上眼皮，瞬間失去了意識。

等我再次睜開眼睛，我發現自己坐在沙灘上，仍然是黃昏時分，只是季節已經從冬天來到夏天，遊客也變多了，可他們像是完全看不見我。

我頓時明白，神聽見我的願望了，祂真的給了我一次機會。

「江雲絮，我好想妳，快來蘭嶼找我吧。」

我望著落日低聲輕喃，祈求遠方的她能聽見。

後記
你有想過自己的人生課題是什麼嗎？

先謝謝大家閱讀這個故事，希望這個故事能在大家心裡短暫地停留一下、短暫地感動一下，光是這樣我就很滿足了。

會寫下《你被遺忘在夏天裡》，主要是想在二〇二〇年寫一、兩個自己擅長的故事，然後就此封筆，畢竟我在追夢這條道路上已經堅持得太久，久到快無法走下去了。以前就算參加比賽，也幾乎不會入圍初選；放在POPO上連載，會看的人更是屈指可數，日復一日下來，我漸漸失去對寫作的信心，於是做好覺悟，寫完最後的故事，就去好好面對接下來的人生。

但人生的戲劇化好像都是從放手一搏開始，我從沒想過這個故事能走到這裡，眞的沒想過。

回到《你被遺忘在夏天裡》的創作初衷，其實就是「人生的課題」。

小時候我奶奶常說：「人的一生從呱呱墜地時就注定好了，每個人都一定要找到自己這輩子該要完成的課題。」

我一直以爲我的人生課題是「追夢」，隨著年齡漸長，我才發現自己要學的是

「懂得愛」，因此才會創造出江雲絮這個活在過去的痛苦之中，漸漸忘了要怎麼愛的女孩。

我想著，如果能完成這個故事，我或許能夠裡面的角色一樣有所成長。我的每一個故事，都是出於想要知道某個問題的答案而寫，所以才會讓《你被遺忘在夏天裡》的每個角色都有各自需要面對的課題。

無論是差點忘卻家鄉味的kenji桑、深怕家鄉被外來客改變的藍波、遠嫁他國不敢歸家的明明，他們所面對的課題，核心都和「家」有關。

一開始我只把故事背景設定在海邊，並未有具體的地點，後來心念一轉，想到自己從未去過蘭嶼，便在網路上查找了許多資訊，包括媒體的採訪報導、一般旅客的遊記，以及當地人的訪談影片，從中看到了當地人對於家鄉的熱愛，和傳統逐漸流失的無奈，我爲此深受觸動，才選擇蘭嶼作爲角色們活動的舞台。

其實我本人最討厭陽光沙灘海，正當我擔心自己可能無法掌握對於蘭嶼的描寫時，一位朋友正巧要去蘭嶼玩，她熱心地與我分享兩度前往蘭嶼的照片和心得，讓我對蘭嶼的想像得以更貼近眞實，眞的非常感謝她。

最後，謝謝POPO在出版蕭條之際，仍堅持年年舉辦華文創作大賞，讓那些和我一樣苦撐在追夢這條路上的人，有一道希望之光可以追逐。

也要謝謝總編展現強大的編輯力，讓這個故事能以更好的模樣出現在大家面前，更謝謝買下這本書的每位讀者，謝謝你們讓我又重拾了些許信心，讓我想要在夢想的路上，再多堅持一陣。

人生沒有永遠的永夜，即使得等待許久，也終會有迎接破曉的一天。

而這一天，很開心能和你們一起擁有。

A.Z.

於即將迎來新春的凌晨三點鐘筆

國家圖書館出版品預行編目資料

你被遺忘在夏天裡／A.Z.著. -- 初版. -- 臺北市 ： 城
邦原創股份有限公司出版：英屬蓋曼群島商家庭
傳媒股份有限公司城邦分公司發行, 2021.03
面；公分. --

ISBN 978-986-99411-9-8（平裝）
傳媒股份有限公司城邦分公司發行, 2021.03
863.57　110001557

你被遺忘在夏天裡

作　　者／A.Z.
企劃選書／楊馥蔓
責任編輯／楊馥蔓

行銷業務／林政杰
總 編 輯／楊馥蔓
總 經 理／伍文翠
發 行 人／何飛鵬
法律顧問／元禾法律事務所　王子文律師
出　　版／城邦原創股份有限公司
台北市中山區民生東路二段 141 號 6 樓
電話：(02) 2509-5506　傳眞：(02) 2500-1933
E-mail：service@popo.tw
發　　行／英屬蓋曼群島商家庭傳媒股份有限公司城邦分公司
聯絡地址：台北市中山區民生東路二段 141 號 11 樓
書虫客服服務專線：(02) 25007718．(02) 25007719
24小時傳眞服務：(02) 25001990．(02) 25001991
服務時間：週一至週五09:30-12:00．13:30-17:00
郵撥帳號：19863813　戶名：書虫股份有限公司
讀者服務信箱 email：service@readingclub.com.tw
城邦讀書花園網址：www.cite.com.tw
香港發行所／城邦（香港）出版集團有限公司
地址：香港灣仔駱克道 193 號東超商業中心 1 樓
email：hkcite@biznetvigator.com
電話：(852)25086231　傳眞：(852) 25789337
馬新發行所／城邦（馬新）出版集團 Cité(M)Sdn. Bhd.
41, Jalan Radin Anum, Bandar Baru Sri Petaling,
57000 Kuala Lumpur, Malaysia.
電話：(603) 90563833　傳眞：(603) 90576622
email:services@cite.my

封面設計／Gincy
電腦排版／游淑萍
印　　刷／漾格科技股份有限公司
經 銷 商／聯合發行股份有限公司
電話：(02)2917-8022　傳眞：(02)2911-0053

■ 2021 年 3 月初版
■ 2022 年 12 月初版 2.3 刷
Printed in Taiwan

定價／270元

ISBN　978-986-99411-9-8